W0332527

1

Der Auftrag

Aus den Augenwinkeln bemerkte Sam die drohende Gefahr. Zwei ganz in Schwarz gekleidete Gestalten mit Skimasken kamen näher. Sam sah nur ihre spähenden Augen. Ihre Finger umklammerten ein Gewehr mit langem Lauf und bei beiden war am rechten Hosenbein eine Ausbuchtung zu erkennen, die auf eine Reservepistole schließen ließ. In wenigen Sekunden würden sie ihn entdecken und alles wäre umsonst gewesen.

Sam stützte sich auf die Ellenbogen und robbte aus seinem Versteck: Ein Holunderstrauch und Insekten hatten ihm in der letzten Viertelstunde nicht ganz so angenehme Gesellschaft geleistet. Seine Augen suchten die Umgebung ab. Er befand sich am Waldrand, vor ihm lag eine offene Fläche. Zurück konnte er nicht mehr, er würde seinen Verfolgern direkt in die Arme laufen. Dann also weiter. Der nächstgelegene Waldrand war nicht fern. Die Bäume mit dem dichten Blattwerk konnten seine Rettung bedeuten.

Sam richtete sich auf und sprintete los. Aber die Wiese war feucht und schon nach wenigen Metern rutschte er aus. Schlammverdreckt lief er weiter durch das hohe, sumpfige Gras. Als er den Wald erreicht hatte, hechtete er mit einem Satz ins Gebüsch. Kleine spitze Äste und herausragende Wurzeln stachen ihn und ließen ihn fast aufschreien, aber er beherrschte sich, er durfte nicht entdeckt werden. Er unterdrückte den Schmerz, ging in die Hocke und spähte durch die Blätter.

Die beiden Maskierten kamen aus dem Wald, die Gewehre noch immer im Anschlag. Sie waren kleiner, als Sam zuerst gedacht hatte, kaum größer als er selbst. Sie blieben kurz stehen und sprachen miteinander. Sam konnte sehen, dass einer der Männer dem anderen Anweisungen gab. Derjenige, der die Befehle erteilt hatte, nickte seinem Kameraden kurz zu und setzte sich in Bewegung bemerken. Er ging auf das andere Waldstück zu, weit entfernt von der Stelle, an der Sam sich versteckt hatte. Der zweite sah dem Davongehenden kurz nach, schob die Mütze ein wenig hoch und spuckte auf den Boden. Dann ging er weiter. Aber statt seinem Kameraden zu folgen, lief er in die andere Richtung. Sam schluckte. Der kam direkt auf ihn zu!

Sam versuchte, Ruhe zu bewahren und einen Ausweg zu finden. Weiter in den Wald hinein laufen war gefährlich. Der Typ, der die Anweisungen erteilt hatte, war schon nahe und würde jede Bewegung bemerken. Aber wenn er hier hinter den Sträuchern sitzen blieb, würde ihn der andere entdecken. Sam schaute sich um: Er konnte weder nach vorn noch zurück, weder nach rechts noch nach links. Grübelnd starrte er zu den Bäumen hinter sich.

Das Gewehr im Anschlag betrat der Maskierte den Wald. Ohne den Kopf zu bewegen, musterte er seine Umgebung. Langsam ging er weiter. Sam hielt den Atem an. Er umklammerte den Ast des Baums, auf den er geklettert war, noch fester. Sein Verfolger stand genau unter ihm. Wenn er bloß nicht nach oben schaute!

Der Maskierte sah sich noch ein wenig suchend um, ging dann aber weiter. Sam zählte innerlich bis dreihundert und ließ sich dann an dem Baum herunterrutschten. Wie er aussah! Arme und Beine völlig verschrammt von den rauen Ästen. Seine braune Kleidung voller Schlamm, aber das kümmerte ihn weniger. Mehr Sorgen machte er sich um den kleinen Rucksack, den er bei sich trug. Er prüfte, ob noch alles darin war. Zum Glück, sein Sprung ins Gebüsch hatte nichts beschädigt.

Sam sah auf seine Uhr. Der Timer stand auf 58:45 und zählte rückwärts. Er hatte noch ausreichend Zeit für seinen Auftrag. Während er sich immer wieder sorgfältig umschaute, bewegte er sich weiter durch den Wald. Er blieb auf der Hut, wer weiß, vielleicht kam ja jemand auf die Idee, sich auf eine neue Erkundungsrunde zu machen. Schnell erreichte er das andere Ende des zweiten Waldstücks. Sam kniete sich hin und öffnete seinen Rucksack. Er zog ein kleines Fernglas heraus, mit dem er die Umgebung absuchte.

Wieder schaute er auf eine weite Lichtung, aber diese war nicht so verlassen wie die vorige. In deren Mitte stand ein kleiner Bauernhof. Das Gebäude war ziemlich heruntergekommen. Alles wies daraufhin, dass es schon vor geraumer Zeit von seinen Bewohnern verlassen worden war: Manche Läden hingen nur noch schief vor den Fenstern, dem Dach fehlte etwa die Hälfte seiner Ziegel, das Tor zum Garten war von Rost zerfressen und die wilde Mischung aus Pflanzen und Unkraut um den Hof glich mehr einem Dschungel als einem Vorgarten.

Aber der Hof hatte offenbar vor Kurzem neue Bewohner bekommen. Vor der Tür sah Sam einen der beiden Maskierten Wache schieben. Der andere war nicht auszumachen, er war vermutlich drinnen. Sam begutachtete die Haustür. Das Schloss wirkte alt und lange unbenutzt.

Sam entwarf einen Plan. Erst musste er wissen, wie die Lage auf dem Hof war. Wie viele Leute saßen drinnen, welche Hinterhalte gab es? Dann musste er irgendwie die Wache ausschalten. Leicht war das nicht, denn der Mann hatte ein Gewehr und Sam nicht.

Aber nicht vorgreifen, dachte Sam. Erst auskundschaften, dann die Strategie festlegen. Er verstaute das Fernglas und bewegte sich lautlos an den Bäumen entlang bis zur Rückseite des Hofs. Hier konnte ihn die Wache nicht sehen. Sam legte sich flach auf den Bauch und robbte durch das hohe Gras auf das Haus zu. Mit jedem Meter erhöhte sich die Spannung in seinem

Körper. Jetzt würde er sein Können unter Beweis stellen müssen.

Das Haus war nicht umzäunt, sodass Sam bis zu einem Fenster an der Rückseite gelangte. Vorsichtig richtete er sich auf und sah hinein. Das Innere stand der äußeren Baufälligkeit in nichts nach. Nur an den Stellen, an denen Bilder gehangen hatten, war zu erkennen, dass die Wand einst weiß gewesen sein musste. Mitten im Zimmer stand ein schwerer Holztisch, an dessen Seiten Stücke herausgebrochen waren. Die Sessel im Wohnzimmer waren ausgebleicht und stark verschlissen. An manchen Stellen quoll die Füllung hervor. Auf diesen Sesseln saßen zwei Personen, beide ganz in Schwarz gekleidet, maskiert. Sam vermutete, dass einer der beiden die Befehle im Wald erteilt hatte. Ihre Gewehre lagen neben ihnen auf dem Sitz. Sie sprachen nicht, sondern starrten angespannt vor sich hin. Warteten sie auf etwas?

Sam sah sich weiter im Zimmer um. Er war schließlich nicht gekommen, um einen alten Bauernhof zu bewundern. Auf einem kleinen Glastisch zwischen den Sesseln lag ein schwarzer Aktenkoffer. Ha! Genau den suchte er.

Sam versuchte, sich den Grundriss des Wohnzimmers einzuprägen. Um von der Tür bis zum Holztisch zu kommen, waren etwa fünf Schritte nötig und weitere dreieinhalb bis zum Glastisch. Er hoffte, dass er einigermaßen richtig lag, sonst würde er später Probleme kriegen.

Er hatte genug gesehen. Sam robbte zurück und überlegte, wie er wohl die Wache überlisten könnte. Als er sich wieder unter dem schützenden Blätterdach des Waldes befand, checkte er die Zeit. Ihm blieben vierzig Minuten, das musste reichen. Er ging zwischen den Bäumen durch zu einer Stelle, die rechts vom Bauernhof lag, aber doch gerade noch im Blickfeld der Wache. Unterwegs sammelte er Holz auf – zum Glück lagen überall tote Äste herum. Er zog einen Knäuel haarfeine Schnur aus seinem Rucksack und bündelte das Holz schnell und geschickt. Dann kletterte er in einen Baum und klemmte das Bündel zwischen zwei Äste. Beim Herunterklettern rollte er vorsichtig die Schnur ab, die noch immer an den Ästen befestigt war. Dabei bewegte er sich zu der Stelle, von der aus er anfangs den Hof beobachtet hatte. Er befand sich jetzt der Haustür ziemlich genau gegenüber.

Der Wachmann stand noch am selben Platz. Sam belauerte ihn mit seinem Fernglas. Der Mann wirkte nervös und schaute sich scheu um. Das musste Sam nutzen.

Aus seinem Rucksack nahm er ein paar Metallkugeln, eine Art Taucherbrille und ein weißes Tuch. Die Kugeln steckte er sich in die Hosentasche und die Brille setzte er auf. Danach band er sich das Tuch vor den Mund. Er nahm die Schnur und zog daran, bis er den Widerstand des Holzbündels spürte und die Schnur ganz gespannt war.

Sam holte tief Luft. Das war *der* Moment. Mit einem kräftigen Ruck zog er an der Schnur. Weiter oben im Wald fiel das Astbündel zu Boden. Der Wachmann wandte den Kopf in diese Richtung. Schnell begann Sam an der Schnur zu ziehen, damit der Wachposten dachte, dort liefe jemand herum.

Es funktionierte! Der Mann konnte sich nicht mehr beherrschen und rannte auf den Wald zu. Sam wartete, bis er gut zwanzig Meter vom Hof entfernt war und sprintete los. Er behielt die Wache ständig im Auge, aber die war so auf die Bäume vor sich fixiert, dass Sam vorläufig nichts zu befürchten hatte.

Gebückt lief er durch das Unkraut des Vorgartens zur Haustür. Er lehnte sich mit dem Rücken an die Wand und spähte durch das Fenster ins Wohnzimmer. Zum Glück, die Situation war unverändert. Die beiden Maskierten saßen noch immer auf demselben Platz. Sam wandte sich zur Tür und drückte leicht dagegen. Sie war offen. Er wühlte in seiner Hosentasche, zog die Metallkugeln heraus, kontrollierte, ob seine Brille noch richtig saß und zog das Tuch vor seinem Mund noch fester. Dann nahm Sam drei Kugeln, drückte bei jeder einen Knopf, schob die Tür einen Spalt auf und rollte die Kugeln ins Wohnzimmer. Zwei Sekunden später war der gesamte Raum von Rauch erfüllt. Er hörte lautes Husten und Rufe.

Sam rannte hinein. Man konnte wirklich nichts mehr erkennen. Nach vier Schritten stieß er gegen einen großen Holzgegenstand. Der Tisch! Er stand näher, als er geschätzt hatte. Er drehte sich um, machte noch dreieinhalb Schritte und streckte den Arm aus. Sofort spürte er den Aktenkoffer. Er griff ihn sich und wandte sich wieder zur Tür.

»Verdammt, was passiert denn da?«, hörte er eine Mädchenstimme.

»Woher soll ich das denn wissen«, schnauzte ein Junge.

»Pass du auf den Koffer auf, dann versuche ich, hier rauszukommen!«

Sam hatte inzwischen die Tür erreicht und schlüpfte nach draußen. Hinter ihm ging die Diskussion weiter.

»Der Koffer ist weg!«, hörte er.

»Au, mein Knie! Scheiß-Tisch!«

Den Koffer in der Hand, schloss Sam die Tür. Die beiden sollten ruhig noch ein wenig durchräuchern. Er setzte die Brille ab und ging seitlich am Haus entlang. Bevor er um die Ecke bog, schaute er sich noch kurz um. Dem Wachmann war inzwischen klar geworden, dass man ihn hereingelegt hatte. Er lief zum Haus zurück und einen Moment standen er und Sam sich Auge in Auge gegenüber. Aber noch bevor sich der Bewacher von seiner Überraschung erholen konnte, machte Sam sich davon. Ein Schuss fiel.

Sam legte einen athletischen Sprint hin und wurde erst langsamer, als er den Wald erreicht hatte. Der Wachmann folgte ihm mit einigem Abstand. Die beiden anderen waren nicht zu sehen, die stolperten vermutlich noch über die Möbel.

Geschickt verfolgte Sam seinen Weg zwischen den Bäume hindurch. Er sah auf die Uhr: Ihm blieben noch mehr als zwanzig Minuten, um den vereinbarten Ort zu erreichen. Jetzt wurde es wieder heller, er näherte sich dem Waldrand.

Als er die letzten Bäume hinter sich gelassen hatte, kam Sam zu einem geteerten Weg, der zwischen dem Wald und einer großen Weide verlief. Die Beschreibung, die er bekommen hatte, stimmte. Diesen Weg musste er überqueren und auf der anderen Seite der Weide sollte sein Fluchtauto auf ihn warten. Wieder hörte er einen Schuss. War sein Verfolger näher gekommen oder feuerte er nur ins Blaue? Sam zwang seine Beine vorwärts. Die Weide war mit Stacheldraht eingezäunt. Mist, er hatte keine Zange dabei. Dann eben auf die altmodische Art und Weise!

Sam warf den Aktenkoffer und seinen Rucksack über den Zaun und legte sich auf den Rücken. Vorsichtig schob er sich unter dem Draht durch, aber seine Hose blieb doch an einem Stachel hängen. Im Wald machte er eine Bewegung aus, sein Verfolger holte auf! Der Stacheldraht hatte aber nicht vor, seinen Fang einfach wieder frei zu geben. Eine Kuh betrachtete sich die Sache aus der Nähe und Sam zog so lange an seiner Hose, bis der Stoff riss. Er war frei.

Sam stand auf, nahm seinen Rucksack und den Koffer und lief im Zickzack zwischen den Kühen hindurch. Endlich sah er das Auto. Ein graues Mercedes-Cabrio, dessen Verdeck heruntergelassen war. Vorn saß ein Mann im grauen Anzug. Als er Sam herbeirennen sah, schaute er ruhig auf seine Uhr und nickte zufrieden.

Sam warf den Aktenkoffer in den Wagen und sprang über die Tür in den Beifahrersitz. Er blickte zur Seite und sah, wie sich sein Verfolger nicht weit entfernt die Lunge aus dem Leib rannte. Als er sah, dass Sam den Wagen erreicht hatte, verlangsamte er seinen Schritt.

»Bravo, Herr Smith«, sagte der Mann am Steuer. »Sie haben Ihren Auftrag ausgezeichnet erfüllt. Den Koffer dürfen Sie mir geben.«

Sam nickte und reichte ihm den Koffer. »Vielen Dank, Herr Summer, ich hoffe nur, dass sich die auf dem Hof keine Rauchvergiftung zuziehen. Ich musste drei Rauchbomben benutzen, um die Überraschung komplett zu machen.«

»Machen Sie sich keine Sorgen«, antwortete Summer. »Die Rauchbomben der Schule verursachen nur heftige Hustenanfälle und lassen die Augen schrecklich tränen. Sonst bleiben keine Schäden.«

Er betrachtete Sam von Kopf bis Fuß und lächelte. »Ihre Kleidung dagegen hat sehr wohl etwas abbekommen, sehe ich. Aber das ist schnell behoben. Das Wichtigste ist, dass Ihr Auftrag erfüllt ist.«

Sam begutachtete seine schmutzige, zerrissene Hose. Nicht gerade das passende Outfit für diesen Wagen. Aber das konnte ihm egal sein, so erleichtert war er nach dem geglückten Auftrag.

»Ah, da sind Ihre Gegner«, sagte Summer.

Sam schaute zur Weide. Die drei Personen vom Bauernhof kamen herbeigeschlendert, die Gewehre über der Schulter.

»Verflixt, Sam, ich habe dich nicht einmal gesehen«, sagte eine ihm bekannte Stimme. Das Mädchen zog sich die Mütze von Kopf und schüttelte ihre langen schwarzen Haare.

»Sorry, Daphné.« Sam lachte. »Das nächste Mal klingele ich, wenn ich vorbeikomme!«

Daphné grinste. Auch die anderen nahmen jetzt die Mützen ab, es waren Richard James und James Richards aus seiner Klasse. Richard rieb sich ständig die ziemlich roten Augen.

»Tut mir auch leid wegen der Rauchbomben, Leute, aber ich hielt sie für die beste Lösung«, sagte Sam.

»Mhm, kein Problem«, murmelte Richard, der lieber schnell ein Taschentuch gefunden hätte, als sich Sams Entschuldigungen anzuhören. Summer unterbrach sie.

»Okay, meine Dame, meine Herren, genug geschwatzt. Es ist Zeit für die Evaluation des Auftrags, aber das machen wir nicht hier, sondern in der Schule. Herr Smith fährt mit mir, der Rest wird gleich von Herrn Spring eingesammelt. Sorgen Sie dafür, dass Ihre Farbpistolen gesichert sind, wenn Sie in den Wagen steigen. Herr Spring möchte absolut keine Sauerei!«

Daphné, Richard und James nickten und drückten auf einen Knopf an ihren Waffen.

»Anschnallen, Herr Smith«, sagte Summer zu Sam und startete den Wagen. »Sie haben doch nicht vergessen, dass Sicherheitsbewusstsein bei der Fahrt eine wichtige Eigenschaft eines Geheimagenten ist?«

Sam genoss den Fahrtwind in den Haaren. Sein erster Auftrag im neuen Jahr war gelungen. Er konnte fast nicht glauben, dass es nun schon ein Jahr her war, seit er sein altes Leben aufgegeben und sich für eine neue Existenz an der *Spy School* entschieden hatte. Innerhalb eines einzigen Jahres hatte er mehr erlebt als in seinem ganzen Leben davor.

Während der Fahrt zur Schule in London spukten Sam die Erinnerungen an die vergangenen Monate durch den Kopf. Alles hatte damit begonnen, dass Summer und Spring an ihn herangetreten waren und ihm vorgeschlagen hatten, eine Ausbildung zum Geheimagenten zu machen. Obwohl er dafür alles aufgeben musste, war seine Entscheidung schnell gefällt.

An der Schule hatte sich ihm eine neue Welt eröffnet. Eine Welt, in der er Fächer bekam wie *Bomben entschärfen, Verfolgungstechniken, Technische Tricks* und *Wie man sich aus misslichen Lagen befreit*. Zum Glück hatte er bald Daphné Wickman kennengelernt. Sie hatte ihm alles über die *Spy School* beigebracht und seither waren sie unzertrennlich. Am Ende des ersten Schuljahres hatte Sam im Dezember, wie der Rest der A-Klasse, gute Beurteilungen bekommen und wurde in die B-Klasse versetzt.

Jetzt war es Mitte Januar und Sam hatte gerade seinen ersten echten Auftrag des Schuljahres hinter sich gebracht.

Das zweite Jahr war viel praxisorientierter als das erste. Man hatte ihn am frühen Morgen dieses Tages irgendwo auf einer Wiese ausgesetzt und ihm nur einen Rucksack mitgegeben. Sein Auftrag lautete, sich eines schwarzen Aktenkoffers mit wertvollen Papieren zu bemächtigen, der wahrscheinlich von einigen »Kriminellen« bewacht wurde. Er bekam zwei Stunden Zeit, dann musste er das Fluchtauto erreicht haben. Er hatte nicht gewusst, wer seine Gegner waren, bis sie eben die Mützen abgenommen hatten.

Daphné war vermutlich weniger zufrieden mit ihrem Part, aber zum Glück zählten vor allem die Aufträge, die man als Geheimagent erledigen musste und viel weniger die, in denen man die Rolle des Kriminellen übernahm.

Letztere waren trotzdem lehrreich, weil man lernte, wie der Gegner zu denken.

Bald sollte er ein Auslandspraktikum absolvieren. Dann würde er Leute vom dortigen Geheimdienst kennenlernen. Sofern die etwas preisgeben würden, denn nicht alle Länder wollten Informationen weitergeben. Auf jeden Fall würde er versuchen, möglichst viel mitzukriegen.

Sam lehnte sich in dem weichen Autositz zurück und schloss die Augen. Aber jetzt erst mal ein Nickerchen, auch zukünftige Geheimagenten werden mal müde.

2

Taschenspielertricks

Zwei schwarze Jeans, fünf graue und schwarze T-Shirts, zwei Pullover – ein grauer und ein schwarzer – zwei Paar schwarze Schuhe, sieben graue Unterhosen und eine blaue mit lauter kleinen Garfields, acht paar schwarze Strümpfe, eine graue Regenjacke und einen Kulturbeutel mit Zahnbürste, Zahnpasta, Seife, Kamm und einem Waschlappen. Sam betrachtete den Koffer auf seinem Bett. Damit musste er die kommenden Wochen überstehen. Ab und zu würde er etwas waschen lassen müssen, aber Summer hatte gesagt, das sei kein Problem.

Der Anblick des Koffers mit den schwarzen und grauen Sachen hatte etwas Trübseliges. Aber das war nun einmal das Outfit eines Geheimagenten. Er durfte nicht auffallen und musste so neutral wie möglich gekleidet sein. Nur die blaue Unterhose mit den Garfields aus seinem früheren Leben gab der Sammlung ein wenig Farbe.

Sam trug seinen grauen Anzug. Der erste Eindruck bei seinem Praktikumbegleiter war sehr wichtig. Damit die Beziehungen zwischen der Schule und dem Ausland optimal blieben, mussten sich die Schüler während der Praktika von ihrer besten Seite zeigen.

Ihre Gastgeber vor den Kopf stoßen war vollkommen undenkbar. An der Schule kursierten Gerüchte, der Kalte Krieg zwischen Russland und den Vereinigten Staaten sei entstanden, weil sich ein Schüler der CIA-School einen Scherz mit seinem russischen Begleiter erlaubt hatte. Fast ein halbes Jahrhundert lang gab es enorme Spannungen zwischen beiden Ländern, aber niemand erinnerte sich noch an die Ursache: eine Spinne auf einem Butterbrot.

Vor seiner Abfahrt hatte Sam noch Unterricht bei Frau March. Normalerweise trug niemand im Unterricht einen Anzug, aber heute war eine Ausnahme, weil die meisten Schüler gleich nach der Stunde aufbrachen. Sam war gespannt auf sein Reiseziel. Das würden sie erst später mitgeteilt bekommen. Die Lehrer wollten nicht, dass sich ihre Schüler auf die Reise vorbereiten konnten. Nach einem Jahr hatte sich Sam daran schon gewöhnt; die *Spy School* bot viele Überraschungen.

»Klopf, klopf, darf ich reinkommen?«, holte ihn eine Stimme aus seinen Gedanken. Sam sah auf.

»Eigentlich fragt man erst, ob man hereinkommen darf und kommt dann rein, und nicht umgekehrt, Daphné«, sagte Sam und lachte. »Aber ausnahmsweise nehme ich es mal nicht so genau, obwohl Höflichkeit ja eine wichtige Eigenschaft eines Geheimagenten ist, wie du weißt.«

»Ja, ja, und blöde Witze machen wahrscheinlich auch!«, antwortete Daphné und warf sich auf Sams

Bett. Sie war anders als sonst, merkte Sam sofort. Nach einem Jahr kannten sie sich durch und durch. Sie grübelte ganz offensichtlich über etwas nach.

»Okay, spuck's aus. Was ist los?«

»Nichts, was soll sein?«, sagte Daphné, aber sie schaute ihn dabei nicht an.

»Ich seh's dir doch an.«

Sie seufzte. »Ist ja schon gut. Ich bin einfach ein wenig nervös vor der Reise ins Ausland. Es ist schließlich das erste Mal, dass wir uns so lange allein durchschlagen müssen.« Sie hob den Kopf. »Aber vielleicht übertreibe ich und alles wird halb so schlimm.«

»Jetzt beruhigst du dich schon selbst!«, sagte Sam. »Das ist eigentlich mein Part. Bald brauchst du mich gar nicht mehr.«

»Wer weiß.« Daphné lachte. »Hoffentlich erkenne ich dich noch, wenn wir wieder da sind! Du erstaunst mich doch immer wieder, Sam Smith. Ich bin noch keine Minute hier, du hast kaum was gesagt, und trotzdem fühle ich mich um einiges besser! Wie machst du das nur?«

»Reine Magie, Daphné. Aber ich kann dir mein Geheimnis nicht verraten, denn sonst müsste ich dich töten. Der Magier-Ehrencode ist uns heilig!«

Daphné lachte wieder. »Du bist ganz schön verrückt, Sam. Aber dein Nonsens über Magie erinnert mich daran, dass ich dich eigentlich zum Unterricht abholen wollte. Frau March mag es nicht, wenn wir zu spät kommen.«

Sam und Daphné verließen das Zimmer und machten sich auf den Weg durch die Gänge der Schule. In den ersten Wochen hatte sich Sam ständig verlaufen, aber jetzt waren sie im Nu im richtigen Raum. Ihre Mitschüler saßen schon auf ihren Plätzen, Frau March selbst war noch nicht da. Sam und Daphné saßen aber kaum, als sie hereinkam.

»Guten Morgen, B-Klasse. Ich sehe, Sie sind alle bereit zum Aufbruch ins Ausland. Schön, dann habe ich genügend Zeit, Ihnen noch etwas beizubringen. Auch an einem Tag wie diesem muss gearbeitet werden!«

Im ersten Jahr hatte Frau March sie in Mathematik unterrichtet. In diesem Jahr gab sie das Fach *Magie*. Die Schüler sollten nach ihrer Ausbildung nicht auf einer Bühne stehen und Kaninchen aus dem Hut zaubern oder Frauen durchsägen können, sondern eine gewisse Geschicklichkeit entwickeln. Sie sollten lernen, wie sie die Aufmerksamkeit ihres Gegners so ablenken konnten, dass dieser nicht mehr auf die Handlung achtete. Wie ein Zauberer konnten sie dann zum Beispiel mit wieselflinken Fingern Dinge verschwinden lassen oder zum Vorschein bringen.

»Letztes Mal hatten wir gerade mit einigen Kartentricks begonnen«, sagte March. »Haben Sie die ein wenig geübt?«

Alle nickten.

»Gut, dann werden wir mal schauen, ob das stimmt. Herr James, können Sie uns kurz den Trick zeigen, bei dem die gezogene Karte schließlich in der Brusttasche des Gefoppten steckt?«

Richard James stöhnte hörbar. Irgendwie wurde immer er herausgepickt, um praktische Übungen vorzuführen. Und eher würde eine Herde Elefanten in die *Spy School* stürmen, als dass Richard auf Anhieb einen Test bestünde. Richard nahm das Kartenspiel, das vor ihm lag, mischte die Karten und breitete sie vor seiner Nachbarin aus: Ann Jones. Die zog eine Karte und zeigte sie dem Rest der Klasse. Es war eine Herzzehn. Ann steckte die Karte wieder zwischen die anderen und Richard nahm den Stapel in beide Hände. Das war der Moment, in dem er die Karte unbemerkt in seinen Ärmel gleiten lassen musste. Die Tatsache, dass ihn zehn Augenpaare genau beobachteten, machte es nicht leichter.

Richard mischte die Karten erneut. Die Herzzehn steckte deutlich vorn und blieb dort auch die ganze Zeit. Richard sah keine Chance, die Karte verschwinden zu lassen und begann immer schneller zu mischen. Sam bezweifelte, dass das gut gehen würde. Das Mischtempo nahm schnell zu, bis Richard die Kontrolle über die Karten verlor und ihm der ganze Stapel aus den Händen flutschte. In hohem Bogen flogen die Spielkarten durch die Luft und landeten exakt vor Frau Marchs Füßen. Eine Karte war jedoch auf dem Tisch liegen geblieben: die Herzzehn. Richard sah verblüfft auf sein Pult. Die Klasse applaudierte begeistert.

»Bravo, Herr James«, sagte March, »Sie haben soeben Ihren höchstpersönlichen Kartentrick erfunden. Und er funktioniert wunderbarerweise, muss ich sagen, aber ich frage mich, ob es Ihnen wohl auch gelänge, ihn zu wiederholen.«

Richard wurde rot, aber er strahlte auch ein bisschen dabei. Schließlich konnte niemand erklären, wie er das geschafft hatte. Und er selbst schon gar nicht.

Während der restlichen Stunde vertieften sie das heimliche Verschwindenlassen der Karten. Man konnte sie zum Beispiel in den Ärmel stecken oder aber auch in die eigene Brusttasche. Man konnte die Karte auch unbemerkt über das Genick in den Pullover rutschen lassen oder in die Unterhose stecken. Auch Strümpfe waren ein gutes Versteck. Unter Tisch konnte man nur schwer im Auge behalten werden.

Am Ende der Stunde sah Frau March auf die Uhr. »In der uns verbleibenden Zeit werde ich Ihnen noch einen schönen Trick zeigen«, sagte sie.

Sie legte drei Karten nebeneinander auf ihren Tisch, zwei schwarze und eine rote Dame, die Herzdame.

»Sie werden ihn wahrscheinlich schon auf der Straße gesehen haben, wo schlaue Betrüger den Leuten Geld aus der Tasche zu ziehen versuchen. Sie sollen sagen, wo die rote Dame ist. Der Spieler darf die Karten erst kurz sehen, dann werden sie umgedreht und auf dem Tisch vermischt.«

March drehte ihre Karten um und begann sie dann umeinanderzuschieben. Rasend schnell bewegten sich die Karten über- und untereinander. Sam versuchte, die rote Dame im Auge zu behalten. Er gab es schnell auf. Plötzlich hielt Frau March die Hände still. Die drei Karten lagen wieder ordentlich nebeneinander.

»Bevor Sie zu raten beginnen«, fuhr Frau March in ihren Erklärungen fort, »muss ich Sie kurz warnen. Auch wenn der Betrüger noch so schnell ist, hat der Kunde doch eine Chance von eins zu drei, dass er richtig rät. Und das kann ein großes Risiko sein, wenn es um viel Geld geht. Trotzdem nehmen die meisten Zauberkünstler und Taschenspieler ihren Beruf ernst und geben dem Kunden eine ehrliche Chance. Sie gehen davon aus, dass er meist danebenliegt.«

March zeigte auf die Karten.

»Wer glaubt, dass die rote Dame die Karte links außen ist?«

Sam und drei seiner Mitschüler hoben die Hand. Wenn er ganz ehrlich war, hatte Sam wirklich keine Ahnung. Die rote Dame konnte überall liegen. March drehte die Karte um: Die Pikdame lachte die Klasse traurig an.

»Falsch«, sagte Frau March. »Schade, dass ich hiermit kein Geld verdiene! Wer meint, es sei die mittlere Karte?«

Nur Ann Jones Finger hob sich. March hielt die Karte hoch und diesmal war es die Kreuzdame, die sie anlächelte.

»Tut mir leid, Frau Jones, auch Sie irren sich.«

March nahm die letzte Karte und hielt sie mit dem Bild zu sich nach oben.

»Wer glaubt, dass dies die rote Dame ist?«

Die restlichen fünf Schüler der B-Klasse, allen voran eine strahlende Daphné, zeigten erfreut auf. Sie hatten ihre clevere Lehrerin von Anfang an durchschaut!

»Gut, die Finger dürfen wieder runter. Nun, bevor Sie sich für Meister im Durchschauen von Kartentricks halten, nur noch kurz Folgendes: Die echten Betrüger gehen kein Risiko ein und machen das einfach so.«

Langsam drehte Frau March die letzte Karte um. Die fünf, die gerade noch so breit gelächelt hatten wie Wassermelonen, machten jetzt ein verdutztes Gesicht. Die Karte zeigte wieder eine Pikdame.

»Echte Betrüger sorgen dafür, dass es keine rote Dame mehr gibt. Nach dem Spiel drehen sie nur die Karte um, auf die ihr Gegner zeigt. Und das wird immer eine schwarze Dame sein. Dass keine rote Dame mehr im Spiel ist, weiß der Gegner nicht. So hat er weniger Chance zu gewinnen als ein Backstein beim Hundert-Meter-Brustschwimmen.«

James Richards hob die Hand. Sam sah ihn kurz an und musste insgeheim grinsen wegen all der vielen Male, die er Richard James und James Richards verwechselt hatte. Die beiden hatten nicht nur gleichartige Namen, sondern sahen sich auch noch ähnlich. Mit eineiigen Zwillingen hätte Sam weniger Probleme gehabt.

»Was kann ich für Sie tun, Herr Richards?«, fragte March.

»Wie lassen denn die Betrüger – und Sie auch eben –, die rote Dame verschwinden?«, fragte James.

Frau March sah wieder auf ihre Uhr.

»Hm, Präsident-Generaldirektor Autumn ist noch nicht da, ich kann es Ihnen also noch erklären.«

Die Klasse lauschte aufmerksam. In Sams Dorf war auch einmal ein solcher Taschenspieler aufgetreten. Aber jedes Mal hatten die Zuschauer gewusst, wo die rote Karte lag. Und als er schließlich versuchte, falsch zu spielen, hatten sie ihn wieder durchschaut und mit Programmheften, Käse- und Schinkenbrötchen und sogar einem Handy beworfen. Der Zauberkünstler hatte schnell den Rückzug angetreten, zuvor jedoch noch ein Käsebrötchen und das Handy vom Boden aufgehoben. Das war gar kein schlechter Lohn für seine Leistung!

March zeigte ihnen unterdessen einen weiteren Trick. »Und hopp, alles Geld ist für Sie! Darf ich Sie daran erinnern, dass dies eine Schule für Geheimagenten ist und keine Ausbildung zum Zirkusclown! Diese Techniken dienen nur dazu, Ihren Blick zu schärfen und Ihre Fingerfertigkeit zu schulen.«

Rums! Ein lautes Bollern an der Tür unterbrach ihre Erläuterungen. Ohne eine Antwort abzuwarten, stolperte Herr Autumn in den Klassenraum. Autumn war der absolut höchste Boss der Schule. Nach jahrelanger Praxisarbeit hatte er sich dazu entschieden, die Schule zu leiten. Die Wahrscheinlichkeit, dass man am Schreibtisch einer verirrten Kugel begegnete, war um einiges kleiner als bei einer Undercoveraktion.

»Guten Tag, B-Klasse. Sie sind alle ordentlich angezogen, sehe ich. Sehr schön, das erspart mir eine gewaltige Standpauke. Schade eigentlich, ich hatte sie gut vorbereitet!«

Autumn zog einen ellenlangen Zettel aus der Hosentasche, betrachtete ihn kurz und musste leise aber anhaltend lachen.

»Ich hatte wirklich ein paar schöne Einfälle«, grinste er. »Ich wünsche Ihnen allen viel Vergnügen und viel Spaß beim Lernen während Ihres Praktikums. Denken Sie daran, dass Sie die gesamte Schule repräsentieren. Ich erwarte daher auch Leidenschaft, Begeisterung, Lerneifer und Höflichkeit. Kurzum, alles, was sich für einen zukünftigen Geheimagenten ziemt.«

Autumn war bekannt für seine langen Reden. Sam hoffte, dass er sich diesmal zurückhalten würde, sonst würden die Schüler der B-Klasse ihr Flugzeug, das Schiff oder den Zug verpassen. Autum fuhr fort.

»Ich erwarte, dass Sie die Gelegenheit nutzen, sich gut umzuschauen. Dies ist eine ideale Gelegenheit, Wissen zu erwerben. Ich bin sicher, Sie alle werden um einiges erwachsener zurückkommen.«

Er zog ein weiteres Blatt aus seiner Tasche.

»Hierauf stehen Ihre Abfahrtszeiten und Ihre Reiseziele. Es ist noch Zeit genug für einen kleinen Imbiss, aber sorgen Sie dafür, dass Sie rechtzeitig unten in der Halle stehen. Sie wissen, dass Pünktlichkeit eine wichtige Eigenschaft eines Geheimagenten ist. Bis in einigen Wochen!«

Autum nickte den zehn Schülern kurz zu, legte das Blatt auf den Tisch von Frau March und verließ den Klassenraum. Die Schüler drängten sich um das Papier. Brüssel! Paris! Berlin! Kopenhagen! Die Klasse füllte sich mit den Namen europäischer Städte. Sam ging nach Barcelona, Daphné nach Marseille. Beide in den sonnigen Süden, das war toll! Es würde zwar nicht brüllend heiß sein, aber allemal besser als etwa Oslo. Sam fuhr in einer Stunde ab, Daphné musste noch anderthalb Stunden warten.

Sam und Daphné verließen den Klassenraum und steuerten einen der Monitore in der Wand an.

»Was willst du essen?«, fragte Daphné.

Sam betrachtete das Menü auf dem Schirm. »Ich bin mir nicht sicher, ob mir das spanische Essen so schmecken wird. Ich glaube, ich nehme ein *U-Boot*, dann habe ich wenigstens noch einmal ein leckeres Essen.«

»Du bist so leicht durchschaubar, Sam!«, sagte Daphné. »In deinem Paradies gibt's nichts anderes als Hamburger!«

Sam lachte und versuchte, es sich vorzustellen. Das Wasser lief ihm im Mund zusammen. Inzwischen hatte Daphné auf ein paar Knöpfe gedrückt und neben dem Monitor öffnete sich eine Luke. Daphné nahm Sams Hamburger mit Pfeffersauce heraus und eine Schüssel Spaghetti für sich selbst.

»Und mich nennst du leicht durchschaubar!«, sagte Sam gespielt empört. »Ich hätte mein gesamtes Geld darauf gewettet, dass du eine Portion *Mafia* nehmen würdest. Wenn ich Geld gehabt hätte, natürlich.«

Daphné lächelte nur. Sie war in Gedanken schon wieder beim bevorstehenden Praktikum. Sie schlenderten zu ihren Zimmern zurück und fingen unterwegs schon an zu essen. In der Schule hatten alle Gerichte andere Namen. Außer Mafia und U-Boot konnte man beispielsweise eine *kugelsichere Weste* bestellen (Wurst mit Speck), einen *Verwundeten* (Beefsteak), *Pfeile* (Pommes), *Halbmond* (Wassermelone) und noch viele Snacks für zwischendurch. Man musste sich ein wenig an die Namen gewöhnen, aber das Essen war immer sehr lecker.

Als sie fertig waren, stand Sam auf und nahm seinen Koffer.

»Ich gehe in die Halle, ich will auf keinen Fall zu spät kommen«, sagte er.

Daphné stand auf und umarmte ihn. »Viel Erfolg, Sam. Zeig ihnen, wer Sam Smith ist!«

»Mache ich. Sie werden sich daran erinnern, dass ich da war«, antwortete Sam und lachte. In diesem Moment wusste er noch nicht, wie wahr seine Worte werden sollten.

3

Viva España!

Die Dame neben Sam sah mit großen Augen aus dem Fenster.

»Es ist schon sonderbar, dass wir einfach so zwischen den Wolken fliegen können«, sagte sie. »Die Technik macht wirklich vor nichts halt.«

Sam tat so, als würde er nicht zuhören und schaute in die andere Richtung. Er hatte keine Lust auf ein Gespräch über die Wunder der Technik. Nach einem Jahr auf der Schule wusste er nur zu gut, wozu Technik in der Lage war. Jeden Tag wurde etwas Neues erfunden. In der Schule konnte man mittlerweile sogar duschen, ohne nass zu werden.

Sam saß erst zum zweiten Mal in seinem Leben in einem Flugzeug. Es ließ ihn ziemlich kalt. Für ihn war es wie Autofahren, bloß etwas höher und schneller. Nur der Start verursachte ihm ein Kribbeln im Bauch.

Sein einziger anderer Flug war mit seinen Eltern gewesen. Dabei war seine Mutter völlig ausgeflippt. Sie hatte auch zum ersten Mal in einem Flugzeug gesessen und als die Motoren beim Start aufbrüllten, war sie in Panik zum Notausgang gerannt und hatte geschrien: »Lasst mich hier raus, wir stürzen ab.«

»Herr Smith?«

Sam sah auf. Eine Stewardess stand mit einer glänzenden Dose vor ihm.

»Äh, ja, das bin ich«, antwortete Sam.

»Das sollte ich Ihnen geben, sobald wir in der Luft sind«, sagte sie und reichte Sam das Döschen.

»Danke schön«, murmelte er verblüfft, aber die Stewardess war schon wieder verschwunden.

Er betrachtete das silberfarbene Döschen und entdeckte einen Knopf mit der Aufschrift *Öffnen*. Durch leichten Druck klappte der Deckel hoch. An der Innenseite befand sich ein kleiner Monitor. Der untere Teil enthielt zwei Kopfhörerstöpsel und einen Knopf, auf dem *Start* stand.

Was das genau war, wusste er nicht, aber es schien ziemlich eindeutig, wie das Ganze funktionieren sollte. Er drückte sich die Stöpsel in die Ohren und betätigte den Startknopf. Der Monitor leuchtete auf und Summers Kopf erschien im Bild. Summer begann zu sprechen.

Guten Tag, Herr Smith. Vor Ihrer Ankunft auf dem Flughafen Barcelona möchte ich Ihnen noch einige Instruktionen mitgeben. Dort werden Sie von einem Fahrer des spanischen Geheimdienstes abgeholt. Er wird sie zum Hauptquartier bringen, wo Sie Herr Blanco empfangen wird, der Sie während Ihres Praktikums begleitet. Hören Sie gut auf ihn, Herr Smith, Blanco hat viel Erfahrung und ist hoch angesehen in der Welt der Geheimdienste. Er wird Ihr Leben in den kommenden Wochen lenken: wann Sie essen müssen, wann Sie schlafen müssen, und sogar, wann Sie zur Toilette müssen. Weil wir auf alles vorbereitet sein müssen, gibt es auch eine Möglichkeit, mit der Schule in Kontakt zu treten. Dies gilt jedoch nur im äußersten Notfall, Herr Smith, nicht wegen Kleinigkeiten! Bei Ihrer Abfahrt haben Sie einen Koffer mitbekommen. Darin befindet sich ein Laptop. Wenn Sie diesen zum ersten Mal hochfahren, wird ein Code erscheinen. Den müssen Sie sich sehr gut merken, denn Sie brauchen ihn, um den PC zu nutzen. Wenn Sie den Code vergessen, haben Sie Pech gehabt, dann werden Sie das Gerät nicht mehr in Gang bekommen. Ich gehe davon aus, dass Sie den Computer nicht brauchen werden, aber ich rate Ihnen dennoch sehr, den Code auswendig zu lernen, sobald Sie in Spanien sind. Erwähnenswert ist auch noch, dass Sie ein kleines Extra mitbekommen haben. In einer Ihrer Taschen steckt eine neue Erfindung von January: ein kleiner MP3-Spieler mit allerlei Neuheiten. Ich empfehle Ihnen, die Gebrauchsanweisung sorgfältig zu lesen. Das war alles, Herr Smith. Ich wünsche Ihnen viel Vergnügen und sehe Sie in einigen Wochen wieder in unserer Schule. Oh ja, wie Sie vermutlich schon erwartet hatten, vernichtet sich diese Aufnahme fünf Sekunden nach Abspielen dieser Nachricht.

Der Bildschirm wurde wieder schwarz. Als Sam auf den Startknopf drückte, geschah nichts. Die Aufnahme war weg.

Sam wühlte in seinen Taschen und entdeckte den MP3-Spieler. Der sah aus wie jedes x-beliebige herkömmliche Gerät, aber Sam wusste es besser. Was in der Schule hergestellt und genutzt wurde, war alles andere als Durchschnitt. Er schaute sich den Koffer zu seinen Füßen an. Er hatte sich schon gefragt, was wohl darin wäre. Also ein Laptop für Notfälle. Den würde er kaum brauchen.

Barcelona liegt im Nordosten Spaniens. Vom Umfang und der Bevölkerungszahl her ist sie die zweitwichtigste Stadt des Landes, die Hauptstadt von Katalonien, einer autonomen Gemeinschaft innerhalb Spaniens. Die offizielle Sprache ist wie in ganz Katalonien Katalanisch, zusammen mit Kastilisch. Der Flughafen von Barcelona liegt in der Gemeinde El Prat de Llobregat, zwölf Kilometer südwestlich der Stadt. Dort setzten die Räder von Sams Flugzeug auf.

Sam nahm seinen Koffer vom Band und begab sich zum Ausgang. Summer hatte ihm nicht gesagt, wie er seinen Fahrer erkennen würde. Seine Mitpassagiere wurden von glücklichen Familienmitgliedern erwartet, gerührten Geliebten oder breit lächelnden Bekannten. Sam von niemandem.

Als der größte Teil der Menschenmasse verschwunden war, saß er noch immer allein auf einem der Plastikschalensitze. Plötzlich sah er einen Mann mit einem weißen Pappschild. Er war groß und muskulös, deutlich südlicher Abstammung und mit starkem Bartwuchs.

Sam kniff die Augen zusammen und versuchte, die Aufschrift zu lesen: *S. Smieth* stand in großen, aber schlecht lesbaren Buchstaben auf dem Schild. Galt das ihm? Angesichts der sich immer weiter leerenden Halle war kaum ein Zweifel möglich. Er ging auf den Mann zu.

»Ich bin Sam Smith«, sagte er. »Sind Sie hier, um mich abzuholen?«

»Señor Smith?«, antwortete der Mann. »Sí, folgen Sie mir.«

Er drehte sich um und ging zum Ausgang. Sam griff nach seinem Rollkoffer und musste sich anstrengen, um mit dem Mann Schritt halten zu können. Er folgte ihm zu einem pechschwarzen Wagen mit verspiegelten Scheiben. Der Mann öffnete die Tür und bedeutete Sam, er solle sich auf die Rückbank setzen. Sam gehorchte dem schweigsamen Mann ohne Widerrede.

Während der Fahrt durch Barcelona wusste Sam kaum, wo er zuerst hinsehen sollte. Fasziniert versuchte er, alles in sich aufzunehmen. Straßen, Menschen und Gebäude flitzten in hohem Tempo an ihm vorbei. Der Fahrer hatte keine Hemmungen, das Gaspedal voll durchzudrücken. Mit lautem Hupen machte er andere Verkehrsteilnehmer darauf aufmerksam, dass er kam und Vorfahrt haben wollte. Aber er war nicht der Einzige mit diesem Fahrstil, weswegen es gleich ein ganzes Huporchester gab, allerdings eins ohne Dirigenten, sodass der Lärmpegel zum reinsten Anschlag auf das Trommelfell wurde.

Es fiel Sam auf, dass zahlreiche Reklameschilder das Straßenbild schmückten. Namen wie *La Piedra Preciosa, El País, Mahou* und *Once* sagten ihm nichts, andere konnte er – manchmal – dank der Bebilderung erraten. *Iberia* bot bequeme Flugreisen an, *Amena* gab Rabatt beim Kauf eines neuen Handys, und um zu wissen, dass *Telefónica* vermutlich etwas mit Telefonen zu tun hatte, brauchte man auch kein Spanisch zu können.

Nach einer kurzen, hektischen Fahrt wurde Sam vor einer Art großem Bürogebäude abgesetzt.

»Ich bringe Ihr Gepäck zu Ihrer Unterkunft. Hasta luego, Señor Smith«, rief der Fahrer noch. Er brauste los und war sekundenschnell außer Sicht.

Sam sah sich das Gebäude an. Es hatte eine gewisse Ähnlichkeit mit seiner Schule: Es fiel nicht wirklich auf, man lief einfach daran vorbei. Aber dennoch war dieses Gebäude anders, etwas schicker, schwungvoller. Es gab viele Fenster und auch die Fassade strahlte etwas mehr aus, hier und da war sogar eine Verzierung angebracht.

»Guten Abend, Herr Smith«, hörte Sam eine Männerstimme. Es schien, als wäre ganz Barcelona über sein Kommen informiert. Er sah zu dem Mann, der ihn angesprochen hatte. Er trug einen weißen Anzug und sah dem Fahrer von vorhin durchaus ähnlich, wobei sein Gesicht viel gepflegter war. Kurze schwarze Haare umgaben die dunkelbraunen Augen und ein feiner Stoppelbart lag unter der scharf geschnittenen Nase.

»Guten Abend. Sind Sie Herr Blanco?«

Der Mann nickte. »Ja, das haben Sie gut erkannt. Ich werde Sie während Ihres Aufenthalts begleiten. Kommen Sie herein, da spricht es sich etwas ruhiger.«

Ohne eine Antwort abzuwarten, ging Herr Blanco durch eine Glastür in das Gebäude. Auch Sam betrat die Eingangshalle und schaute sich um. Sein Blick wurde augenblicklich von einem riesigen Marmorspringbrunnen mitten im Raum angezogen. Kleine steinerne Engel mussten den ganzen Tag Wasser speien. Es wirkte mehr wie die Hölle auf Erden als der Himmel für sie.

Links war die Rezeption, an der ein Mann und eine Frau in schicken bordeauxfarbenen Uniformen beschäftigt waren. Rechts befanden sich zwei Aufzüge. Der linke kam gerade im Erdgeschoss an und ein Mann, wie Herr Blanco im weißen Anzug, stieg aus. Dieser Mann trug jedoch ein rotes Hemd unter seinem weißen Anzg und Blanco ein weißes. Er grüßte Blanco mit einem kurzen Nicken, ließ seinen Blick kurz auf Sam ruhen und ging dann weiter.

»Das war Herr Rojo«, sagte Blanco. »Er ist unser Computerexperte. Er kann jedes System hacken, es aber auch so sichern, dass niemand mehr hineinkommt.«

Blanco ging zum Aufzug und drückte auf eine Taste. Die Türen öffnen sich wieder.

»Wir machen jetzt einen Rundgang, Herr Smith, dann wissen Sie gleich, wie es bei uns in Spanien zugeht.«

Der Aufzug fuhr in den vierten Stock. Blanco und Sam stiegen aus und betraten einen langen Gang. In regelmäßigen Abständen hingen Monitore an den Wänden, über die man das Erdgeschoss im Auge behalten konnte. Offensichtlich war man nicht erpicht auf unerwarteten Besuch. Während ihres Rundgangs gab Blanco Sam Informationen über den spanischen Geheimdienst.

»Im Gegensatz zu eurer Schule arbeiten wir nicht mit Klassen. Bei uns bekommt jeder Agent ab und zu einen Schützling. Den leitet er drei Monate an. Danach macht der Schüler noch weitere Praktika bei anderen Agenten. So lange, bis wir finden, dass er ausreichend ausgebildet ist.«

»Und was passiert, wenn ein Schüler fertig ist mit seiner Ausbildung?«, fragte Sam.

»Dann gibt es verschiedene Möglichkeiten«, fuhr Blanco fort. »Der Schüler kann noch eine Zeit lang ins Ausland geschickt werden oder er kann hier bei uns anfangen und an kleineren Aufträgen arbeiten. Und in manchen Fällen, wenn er sehr gut ist, kann er vorübergehend Partner einer der erfahrenen Agenten werden und gleich mit der Praxisarbeit loslegen.«

Sam dachte einen Moment an seine eigene Zukunft. Er hatte wirklich keinen blassen Schimmer, was genau nach der D-Klasse auf ihn zukam. Aber das waren Überlegungen für später.

Blanco lotste ihn ins Büro. An einem schönen Holzschreibtisch saß eine Frau mit langem schwarzem

Haar. Sie sah aus wie ein Topmodel. Die Frau schaute kurz zu Sam und Blanco hinüber, richtete dann aber ihren Blick wieder auf einige Fotos, die sie aufmerksam betrachtete.

»Das ist Frau Azul«, stellte Blanco sie vor. »Sie ist unsere Expertin auf dem Gebiet der Kernwaffen und anderer Bomben. Wer versucht, Kernwaffen zu stehlen, hat keine Chance. Sie trainiert auch die Aufmerksamkeitsfähigkeit unserer Schüler.«

Sam sah sich im Büro um. Es war viel luxuriöser als die Büros, die sie in der *Spy School* hatten. Die Wände zierte ein zartlila Anstrich und hier und da hingen Bilder. Es gab zahlreiche Pflanzen und die Schränke enthielten neben wissenschaftlichen Büchern auch allerlei Thriller, Romane und sogar Jugendbücher. Bei diesem Geheimdienst war die Atmosphäre viel häuslicher als in seiner Schule.

Frau Azul stand plötzlich auf und nahm ihre Jacke von einem Garderobenständer neben ihrem Schreibtisch. Sam sah einen auffälligen, blitzenden Ring an ihrem linken Zeigefinger. Derjenige, der ihn ihr geschenkt hatte, musste ziemlich reich sein. Azul ging hastig an Sam und Blanco vorbei und nickte nur kurz zum Abschied.

Nach Azul lernte Sam weitere Büros und Angehörige des spanischen Geheimdienstes kennen. Wie Herrn Verde, der für alles zuständig war, was mit Hypnose und dem menschlichen Geist zu tun hatte. Frau Naranja wusste alles über die neuesten technischen

Tricks, Frau Amarillo war über alle chemischen und biologischen Entwicklungen informiert und Herr Violeta war ein Ass bei der Spurensuche.

Sonst waren keine Agenten anwesend und der Rundgang war schnell beendet. Blanco beschloss, dass es Zeit war, Sam zu seinem Hotel zu bringen. Dort konnte er sich ein wenig ausruhen und frisch machen. Später würden sie zusammen essen gehen und dann würde Blanco Sam auch erklären, was man während seines Aufenthalts von ihm erwartete. Sie würden auch die Pläne durchgehen, damit Sam wusste, was in den kommenden Wochen anstand.

Blanco begleitete Sam in die Halle und reichte ihm die Hand zum Abschied.

»Ruhen Sie sich gut aus, Herr Smith«, sagte er. »Es werden anstrengende Tage.«

4

Auf der Flucht

Der behaarte Chauffeur fuhr Sam wieder mit hoher Geschwindigkeit durch die Straßen von Barcelona und setzte ihn vor einem kleinen, dunklen Gebäude ab. *Hotel Buena Vista* stand auf dem Schild über dem Eingang. Das würde in den kommenden Wochen sein Zuhause sein. Die *Spy School* gab ganz offensichtlich keinen Cent zu viel für den Aufenthaltsort ihrer Schüler aus.

Sam hörte im Geiste Summer sagen: »In einem solchen Etablissement fällt ein Geheimagent viel weniger auf als in einem Luxushotel.« Er hoffte, dass es innen anheimelnder sein würde.

Sam drückte die Tür auf – es hatte wohl keinen Sinn, hier auf einen Portier zu warten – und betrat das Gebäude.

Vor ihm befand sich eine steile Holztreppe, rechts eine Art Rezeption. Dort stand zwar sein Gepäck, aber sonst niemand, also versuchte Sam, dahinter zu schauen. Durch eine Tür blickte er in ein Wohnzimmer und konnte einen behäbigen Mann sehen, der von einem Sessel aus fernsah. Er litt intensiv mit, denn er brüllte regelmäßig den Bildschirm an. Sam verstand kein Spanisch, aber es waren sicher keine Nettigkeiten.

Auf dem Holzbrett, das als Rezeption diente – und an den Papierstapeln zu erkennen, auch als Schreibtisch – fand Sam eine kleine Klingel. Er schlug mit der flachen Hand darauf. Die Klingel war allerdings nicht festgeschraubt, sondern hüpfte mit Getöse auf den Fußboden. Erschrocken sammelte Sam die Einzelteile wieder ein und legte sie an ihren ursprünglichen Platz.

»Joder! Quién hace ese ruido?«

Der Mann aus dem Wohnzimmer war dem Lärm nachgegangen und sah Sam fragend an. Er trug lediglich eine bauschige Boxershorts und ein ärmelloses Unterhemd. Sam musterte seine fettigen Haare und den rauen Stoppelbart. Er fragte sich, wann der Mann wohl zum letzten Mal gebadet hatte.

»Qué haces aquí?«

Er sah Sam unverwandt an.

»Äh ...«, stammelte Sam. »Hallo. Ich bin Sam Smith.«

Der Mann runzelte die Augenbrauen, als er die fremde Sprache hörte.

»Ich möchte hier einige Zeit wohnen«, fuhr Sam fort. »Haben Sie ein Zimmer für mich?«

»Qué?«

Der Mann popelte kurz in seiner Nase und starrte ihn weiterhin an.

Sam begriff, dass sein Gegenüber kein Englisch verstand und beschloss, es anders zu versuchen. Er zeigte mit dem Finger auf sich selbst. »Ich«, sagte er Sam, und tippte sich ein paar Mal mit dem Zeigefinger auf die Brust, »bin Sam Smith.«

»Qué?«

»Und ich«, noch mal wies sein Zeigefinger auf seine Brust, »will schlafen.« Er legte seine Handflächen gegeneinander und steckte sie dann zwischen Kopf und Schulter. »Hier«, sein Finger klopfte auf die Rezeption.

Während der gesamten Erklärung nickte der Mann stetig, tat aber nichts.

Sam wiederholte seine Gebärden, aber der Mann zuckte nur die Schultern.

»Verflixt«, murmelte Sam. »Blanco hätte doch wenigstens für jemanden sorgen können, der Englisch spricht!«

Als er den Namen Blanco hörte, kam plötzlich Leben in den Mann. So schwerfällig und dösig er davor gewesen war, so aktiv und lebendig wurde er jetzt, als hätte ihm jemand neue Batterien eingelegt.

»Ah, eres el chico del señor Blanco! Sí, sí, sí. Tienes la habitación número ocho.«

Der Mann hielt Sam einen großen Schlüssel mit der Nummer acht vor die Nase. Sam hatte kein Wort verstanden, aber er ging davon aus, dass es der Schlüssel zu seinem Zimmer war.

»La escalera.«

Der Mann zeigte auf die Treppe.

Sam griff nach dem Schlüssel, nahm seine Koffer und ging die Treppe hinauf. Er landete auf einem schmalen Gang mit vier Türen auf jeder Seite. Auf den meisten war ein Kupferschild mit Nummer, bei manchen Türen fehlte es jedoch und war durch eine Kreideziffer ersetzt worden.

Sam ging bis zum Ende des Ganges und steckte den Schlüssel in die Tür von Nummer acht. Sie öffnete sich knarrend.

Zu Sams Verblüffung sah das Zimmer recht modern aus und ähnelte seinem Zimmer in der Schule: ein Bett, ein Tisch und ein Schrank. Hier gab es jedoch nur einen kleinen Fernseher und keinen Computer.

Er stellte seinen Koffer auf den Boden und legte sich kurz auf das Bett. Er war müde von der Reise und dachte an Daphné. Ob sie wohl auch erschöpft auf ihrem Bett in Marseille liegen würde? Oder war sie schon voll mit ihrem Praktikum beschäftigt? Er vermutete Ersteres.

Sam rollte sich über das Bett, bis er an seinen Koffer kam und öffnete ihn. Sein Blick fiel auf ein Spanischwörterbuch. Seltsam, das musste ihm jemand noch in der Schule in den Koffer gepackt haben, denn seither hatte er ihn nicht mehr aus den Augen gelassen.

Er blätterte durch das Buch und suchte den Namen *Blanco*. Er bedeutete *weiß*. Bei Blancos weißem Anzug konnte das durchaus stimmen. Sam ließ die Seiten unter seinem Daumen rascheln und stoppte beim Buchstaben *r*. *Rojo* bedeutete *rot*. Aber Herr Rojo hatte doch auch einen weißen Anzug getragen?

Sam dachte an seine Begegnung im spanischen Geheimdienst – Herr Blanco war ganz in Weiß gewesen, aber Rojo trug einen weißen Anzug mit einem roten Hemd ... Jetzt verstand Sam. Wie die Lehrkräfte an seiner Schule Monatsnamen trugen, waren die Namen der spanischen Kollegen von Farben abgeleitet.

So hatte er die anderen Namen schnell entziffert: Frau Azul war Frau Blau und die anderen, die er gesehen hatte, Verde, Naranja, Amarillo und Violeta, standen für die Farben Grün, Orange, Gelb und Violett.

Sam versuchte, das Wörterbuch auf den Tisch zu werfen, verfehlte ihn aber knapp und das Buch klatschte auf den Boden. Als er es aufhob, fiel sein Blick auf den Laptop, den er unter den Tisch geschoben hatte. Genau, den musste er noch hochfahren. Sam holte ihn aus dem Koffer und legte ihn aufs Bett. Der Akku war aufgeladen, sodass Sam nicht erst eine Steckdose suchen musste.

Was hatte Summer in dem Film noch gesagt? Beim ersten Start würde ein Code auf dem Bildschirm auftauchen, den er für die spätere Nutzung brauchte.

Sam suchte nach dem Startknopf, als er von einem Poltern auf dem Gang aufgeschreckt wurde. Er hob den Kopf. Er hörte Schritte, als würde jemand rennen. Plötzlich klopfte es zweimal kurz an seiner Tür.

»Roomservice, señor S!«, rief eine Frauenstimme.

Danach wurde es wieder still.

Sam blieb noch einen Moment sitzen und sprang dann auf. Er schaute durch den Türspion. Merkwürdig, keiner zu sehen!

Vorsichtig öffnete er seine Tür und sah auf den Gang hinaus. Der war vollkommen leer. Sam wollte die Tür gerade wieder schließen, als er ein Etui auf dem Boden entdeckte. Es war viereckig, schwarz mit Silberrand und sah teuer aus. Sam hob es auf, warf noch einen Blick in den leeren Gang und schloss dann schnell seine Tür.

Er betrachtete seinen Fund etwas genauer. Auf dem Deckel waren die Buchstaben *DC* mit zarten Linien eingraviert, vermutlich die Initialen des Eigentümers.

Langsam hob Sam den Deckel an. Beim Anblick des Inhalts zog er seine Augenbrauen bis zum Haaransatz hoch. Ein funkelnder Diamant in Golfballgröße glitzerte im Sonnenlicht, das durch das kleine Fenster hereinfiel.

Sam hatte noch nie einen so prächtigen Edelstein gesehen. Er hatte überhaupt noch nie einen Diamanten aus der Nähe gesehen. Er hatte eine hellrote Farbe und so feine Facetten, dass er fast kugelförmig war.

Während Sam den Prachtstein bewunderte, drang langsam zu ihm durch, dass irgendwas nicht stimmen konnte. Warum war der Diamant vor seine Tür gelegt worden? Von wem und wer war *DC*?

Er schaltete sein Gehirn auf höhere Touren, aber er konnte keine passende Antwort auf seine Fragen finden. Am besten erzählte er das Ganze gleich Blanco.

Oder vielleicht doch nicht? Sam malte sich kurz die verrücktesten Dinge über den Diamanten aus. Er würde viel Geld dafür bekommen und alles kaufen können, was er wollte. Die genialsten Computerspiele, ein neues Fahrrad, einen eigenen Fußballplatz. Oder vielleicht gleich eine ganze Fußballmannschaft?

Sam war klar, dass das alles keine Option war. Er war ein Schüler der *Spy School*. Er konnte unmöglich Dinge kaufen ohne aufzufallen. Und als zukünftiger Geheimagent musste er den Edelstein seinem Eigentümer zurückbringen. Vielleicht gab der ihm ja einen Finderlohn!

Ein lautes Klopfen an der Tür störte seine Gedanken.

»Roomservice, señor.«

Was? Das war schon das zweite Mal, dass jemand »roomservice« rief, obwohl er nichts bestellt hatte. Sam überkam ein ganz beklemmendes Gefühl. Ihm schwante nichts Gutes. Er schloss das Etui und steckte es in die Hosentasche. Danach trat er zur Tür.

Durch den Spion sah er zwei Männer. Das war absolut kein Roomservice! Erstens konnte er sich nicht vorstellen, dass der Chef dieses Hotels zwei Leute bezahlen konnte, die Bestellungen aufs Zimmer brachten. Und zweitens trugen die beiden vor seiner Tür maßgeschneiderte Anzüge. In einem superschicken Hotel wäre das vielleicht zu erwarten gewesen, aber nicht in einer Bruchbude wie dieser.

»Señor? Würden Sie bitte kurz öffnen?«, hörte er einen der Männer sagen.

Sam schaute sich um. Sich verstecken war ein Ding der Unmöglichkeit, sie würden ihn sofort entdecken.

Krack! Die Tür hielt der Gewalt, die seine Besucher auf sie ausübten, gerade noch so stand. Ihm blieb nicht mehr viel Zeit. Die Tür sah nicht allzu stabil aus. Sam öffnete ein Fenster und kletterte hinaus.

Beim nächsten Schlag brach die Tür mit Getöse aus den Angeln. Die beiden Männer betraten das Zimmer mit gezogenen Waffen. Als sie sich davon überzeugt hatten, dass das Zimmer leer war, begannen sie, ohne viele Worte zu wechseln, das Zimmer zu durchsuchen. Sams Koffer wurde umgedreht und geleert. Sie wühlten sich durch Sams Kleidung. Unterhosen und Pullover flogen in sämtliche Richtungen.

Aber sie fanden nicht, was sie suchten, nach dem Koffer musste das Bett daran glauben. Die Laken wurden heruntergerissen und die Matratze aufgeschnitten. Als sie auch da nichts fanden, trat einer der Männer vor Wut das Fernsehgerät vom Tisch. Es fiel laut krachend zu Boden.

Inzwischen hielt sich Sam an der Feuerleiter des Hotels fest. Er hörte, dass sich die beiden Männer anbrüllten. Er hatte eine Vermutung, wonach sie suchten, aber er hatte nicht vor, es ihnen zu geben. Sam schaute hinunter. Hier konnte er nicht bleiben – wenn einer der Männer aus dem Fenster sah, war er geliefert.

Sprosse für Sprosse kletterte Sam die Leiter hinunter. Das alte rostige Ding machte zum Glück nicht viel Lärm.

Schon bald hatte er ihr Ende erreicht. Sam sah hinunter. Immer noch so etwa drei Meter bis zum Boden. Er musste springen und die Landung würde nicht sanft sein, denn er würde genau auf dem Pflaster landen.

Plötzlich hörte Sam ein lautes Krachen und er spürte einen heftigen Ruck in den Armen. Er schaute hoch: Auf der rechten Seite hatte sich die Leiter aus der Verankerung gelöst!

Er musste jetzt schnell handeln, die Männer in seinem Zimmer hatten es bestimmt auch gehört. Sam kniff die Augen zusammen und ließ los. Beim Aufprall ging er einen Moment in die Knie und fiel hintenüber. Er öffnete die Augen wieder und sah erschrocken zur Feuerleiter. Nach der rechten Seite war jetzt auch die linke fest entschlossen, den Geist aufzugeben.

Sam rollte zur Seite und konnte mit knapper Not dem herabstürzenden Ungetüm entgehen. Die Feuerleiter donnerte in die Gasse hinter dem Hotel. Sam schaute zu seinem Hotelfenster hinauf und sah einen schwarzhaarigen Männerkopf. Viel Zeit zum Nachdenken hatte er nicht. Er stand auf und spürte keine Schmerzen. Ohne einen weiteren Blick nach oben sprintete er los.

Er wusste nicht, wo er war, er wusste nicht, wohin er lief, aber er wusste, dass er so schnell wie möglich weg musste von diesem Hotel.

Die Gasse mündete in eine breite Straße, auf der viel los war. Um nicht aufzufallen, fiel er in eine langsamere Gangart. Er fühlte kurz in seiner Tasche, ob er das Etui noch hatte. Zum Glück, da war es. Unterdessen versuchte er zu überlegen, was er tun sollte. Ihm fiel nur eins ein: Er musste Blanco erreichen. Aber er hatte keinen blassen Schimmer, wo sich der Geheimdienst in Barcelona befand.

Er schaute sich in den Straßen um und versuchte sich zu erinnern, ob er dort mit dem Auto vorbeigekommen war. Aber dieses Viertel konnte sich in jeder Stadt der Welt befinden. Es gab nichts, was er auch nur annähernd erkannte.

Im Geiste versuchte er, sich das Bild des Geheimdienstgebäudes vorzustellen. Es war ein belebter Ort gewesen. Vielleicht sollte er sich nach dem Weg ins Zentrum erkundigen und dort ein wenig herumlaufen. Mit ein bisschen Glück würde er das Gebäude erkennen.

Er hielt die nächstbeste Passantin an. Das Mädchen war ungefähr in seinem Alter. Sie hatte hellbraune Haare und hier und da blonde Strähnchen. Ihre klaren hellblauen Augen fielen Sam sofort auf. Sie sah viel weniger spanisch aus als die anderen Bewohner, die er bislang gesehen hatte.

»Pardon, weißt du, wie ich ins Zentrum komme?«

»Qué?«

Das Mädchen sah ihn lächelnd an, zuckte aber die Schultern zum Zeichen, dass sie ihn nicht verstand.

»Äh ... das Zentrum?«, versuchte Sam es noch einmal.

»Ah, el centro?«

»Ja, genau!«, sagte Sam erleichtert. »Ich meine, sí!«

Das Mädchen suchte nach einer Möglichkeit, Sam zu erklären, was er machen musste, um ins Zentrum zu gelangen.

»Vale. Vas al la izquierda.«

Sie zeigte mit dem Arm nach links.

»Después todo recto.«

Ihr Arm zeigte geradeaus.

»Allí, coges la calle Pelai, después llegas a la Plaza de Catalunya.«

Sam hatte den letzten Satz nicht verstanden, versuchte aber doch, ihre Worte zu behalten. Vielleicht erkannte er gleich eins davon auf einem Straßenschild.

»Danke«, sagte er.

Das Mädchen schien ihn verstanden zu haben.

»De nada«, antwortete sie und ging weiter.

Sam sah sich um, ob er irgendwo die Männer aus dem Hotel entdecken konnte. Sie waren ihm nicht gefolgt. Zumindest hoffte er das.

Er bog in die Straße ein, die ihm das Mädchen gewiesen hatte und ging dicht an den Häusern entlang.

Ihm war klar, dass sein grauer Anzug auffiel. Es gab wenige Jungen seines Alters, die so gekleidet waren.

Plötzlich wurde seine Aufmerksamkeit von einem Schild angezogen, das über einer Haustür hing. *Museo Don Carlos* stand darauf. Und daneben war eine Abbildung des Diamanten aus dem Etui!

Sam betrachtete das Haus. Es war sehr alt. Er spähte durch einen Spalt zwischen den Fensterläden. Das Haus war voller antiker Möbel und Tische auf denen alte Sachen lagen. Vielleicht konnte man ihm hier mehr über den Diamanten in seiner Tasche erzählen.

»Te ayudo, chico?«

Sam sah hoch. In der Haustür stand eine Frau und sah ihn fragend an. Sie hatte lange schwarze Haare und war in schreiende Farben gekleidet. Wie früher die Hippies, dachte Sam. Auf alten Fotos seiner Eltern hatte er mal solche Kleider gesehen. Nicht bei seinen Eltern selbst, nein, die waren dafür viel zu normal.

»Sorry, aber ich spreche kein Spanisch«, entschuldigte er sich.

»Ah, ein Engländer«, sagte die Frau in fließendem Englisch. »Nun, womit kann ich dir helfen? Ich sehe, du interessierst dich für Don Carlos?«

»Äh, für wen?«

»Für Don Carlos. Der Name, der auf dem Schild steht.«

Don Carlos! DC! Das war also der Eigentümer des Edelsteins. Vorhin war es noch nicht ganz zu ihm durchgedrungen. Vielleicht konnte diese Frau ihn mit Don Carlos in Kontakt bringen.

»Kennen Sie Herrn Carlos?«, fragte Sam. »Ich würde ihn gern irgendwo treffen.«

Die Frau lachte. »Offensichtlich weißt du wirklich nicht viel darüber. Wenn du Don Carlos treffen willst, kommst du ein paar Jahrhunderte zu spät.«

Sie trat einen Schritt zurück und machte eine einladende Geste.

»Komm rein, wenn du willst, erzähle ich dir etwas mehr über Don Carlos und seinen Diamanten.«

Sam zögerte. Eigentlich musste er so schnell wie möglich zu Blanco. Aber als zukünftiger Geheimagent sollte er vielleicht lieber noch ein paar Informationen sammeln. Dann könnte er auch Blanco ausführlich Bericht erstatten.

Und wenn Sam das nicht geglaubt hätte, würde er sich bestimmt etwas anderes weisgemacht haben.

5

Der Diamant des Don Carlos

Sam betrat das Museum, einen dunklen, verstaubten Raum. Er konnte sich nicht vorstellen, dass die Dame viele Besucher empfing. An den Wänden standen Holzschränke voller alter Bücher und auch überall sonst jede Menge alter Möbel. Auf kleinen Tischen lagen Schmuck, silberne Ohrringe, Ketten und Armbänder zum Greifen nah und auch andere Alltagsgegenstände. Oder besser gesagt, Dinge, die mal alltäglich gewesen waren, denn modern waren sie nicht: alte Kleider, Taschentücher, Besteck, Teller, etwas, das wie ein Pantoffel aussah, eine Schnupftabakdose und vor allem viele Bilder. Alles offenbar Dinge, die irgendwie mit Don Carlos zu tun hatten.

Das Museum wurde von vielen Kerzen beleuchtet, die einen süßlichen Duft verbreiteten. Auf Brandschutzbestimmungen wurde hier sicherlich keine Rücksicht genommen.

Als Sam drinnen war, verschloss die Dame die Tür und hängte ein Schild ans Fenster.

»So«, sagte sie, »dann werden wir nicht gestört.«

Sie zeigte auf einen großen Tisch, der hinten im Raum stand.

»Setz dich doch.«

Sam ging zum Tisch, nahm einen Stapel Papier von einem der Stühle und setzte sich. Die Dame nahm gegenüber Platz und begann zu erzählen: »Die Geschichte von Don Carlos spielte sich zu Beginn des sechzehnten Jahrhunderts ab. Don Carlos war ein reicher und mächtiger Mann. Er besaß unsagbar viel Grund in der Nähe von Barcelona. Aber er war kein Unmensch, er sorgte gut für die Leute, die auf seinen Ländereien wohnten und war dadurch sehr beliebt beim Volk.

Don Carlos war mit Anna Catía de Agrippina verheiratet. Sie hatte deutlich weniger Anhänger. Sie verachtete das Volk und hielt sich für etwas Besseres. Sie fand es nur normal, dass sie reich war und der Rest arm, so als sei das gottgewollt. Dennoch blieb Don Carlos bei ihr, denn der Legende nach war Anna Catía schöner als die römische Göttin Venus.

Das Paar hatte einen einzigen Sohn: Federico. Als Don Carlos viel zu jung starb, musste Federico sein Erbe antreten. Über die Umstände des Todes von Don Carlos kursierten viele Gerüchte, aber niemand wusste, was genau passiert war. Manche sagten, es war ein unglücklicher Unfall, er sei bei der Jagd vom Pferd gefallen. Andere behaupteten, er sei getötet worden, als er Diebe erwischte, die seinen Schmuck stehlen wollten. Aber die meisten vermuteteten, dass Anna

Catía die Hände im Spiel hatte. Sie soll es leid gewesen sein, dass ihr Mann dem Volk so viel Geld gab. Deswegen habe sie ihn vergiftet.«

Die Dame sah Sam eindringlich an. »Aber du brauchst natürlich nicht einfach alles zu glauben, was die Leute so sagen!«

Sam schüttelte den Kopf und wartete, dass die Frau ihre Geschichte fortsetzte.

»Federico wurde schon mit sieben Jahren Herrscher über das Land seines Vaters. Viel zu jung natürlich und deswegen war es vor allem seine Mutter, die Entscheidungen traf. Endlich hatte Anna Catía die Macht über das Volk. Sie führte augenblicklich einige harte Gesetze ein, die ihr Sohn brav unterschrieb. Tja, wenn er nicht tat, was seine Mutter verlangte, wurde er ohne Essen zu Bett geschickt.

Das Volk litt unter Annas Tyrannei, wagte aber keinen Aufstand. Anna Catía bezahlte ihrem kleinen Heer viel Geld, um jede Revolte sofort im Keim zu ersticken.

Erst nach zehn Jahren änderte sich diese Situation. Der junge Federico wurde allmählich alt genug, um eigene Entscheidungen zu treffen. Er war milder als seine Mutter und führte ein etwas gemäßigteres Regime. Aber der Wohlstand und Fortschritt, den es zu Don Carlos' Zeiten gegeben hatte, war für immer dahin.«

Sam hatte seit Beginn der Geschichte den Worten der ungewöhnlichen Dame gebannt gelauscht. Aber eine Frage brannte ihm schon die ganze Zeit auf den

Lippen. »Und was für eine Geschichte steckt hinter diesem Diamanten von Don Carlos?«

Die Dame hatte seine Frage erwartet.

»Davon wollte ich gerade erzählen. Aber ich kann deine Neugier gut verstehen, es ist eine seltsame Geschichte.«

Sam tastete noch einmal nach dem Etui in seiner Tasche, während die Dame weitererzählte.

»Don Carlos war zwar kein richtiger König, hatte aber eine Krone. Keine goldene, sondern eine silberne. Die Krone an sich war nicht so wichtig, doch in diese Krone war ein großer Diamant eingearbeitet: der Diamant des Don Carlos. Derselbe Diamant, den du auf dem Schild gesehen hast.

Woher er den hatte, weiß keiner. Das Seltsame an Don Carlos ist, dass über seine Vorgeschichte nichts zu finden ist. Man könnte denken, er stammte aus einem großen Geschlecht mächtiger Männer, aber das stimmt nicht. Es scheint, als wäre er aus dem Nichts als mächtiger und unermesslich reicher Herrscher hervorgegangen.

Viele Menschen haben immer wieder nach dem Gold des Don Carlos gesucht, aber niemand hat es je gefunden. Und doch hatte er immer genügend davon. Die Einbrecher, die man erwischen konnte, wurden immer schwer bestraft. Nach einigen Jahren versuchte keiner mehr, noch bei ihm einzudringen.

Aber als Federico an die Macht kam, begannen die Einbrüche erneut. Man hoffte, Federico würde weniger sorgsam mit seinem Besitz umgehen. Aber der ließ sich ebenfalls gut schützen und auch er konnte sich gegen die Einbrecher zur Wehr setzen. Außer gegen einen ...«

Die Dame schwieg kurz. Sie wirkte ein wenig wie in Trance. Als wäre sie in Gedanken auf dem Gut von Don Carlos und erlebte die Ereignisse persönlich mit.

»Es gab einen Einbrecher, der es immer wieder versuchte, und den sie nie zu fassen bekamen. Seltsamerweise suchte er nie nach Federicos Gold, sondern Mal für Mal nach dem Diamanten von Don Carlos. Man kannte sogar seinen Namen, denn er hinterließ regelmäßig kurze Briefe. *El Yonaz* nannte er sich. Darin stand immer dasselbe: *en honor de mi padre* – zu Ehren meines Vaters. Niemand wusste, was damit gemeint war, aber Federico soll es ziemlich nervös gemacht haben. Den Diamanten hat El Yonaz jedoch nie stehlen können.

Federico starb letzten Endes in Armut. Auf unerklärliche Weise war sein Reichtum an ein Ende gekommen. Er konnte es noch geraume Zeit durchhalten, indem er hier und da Teile seiner Ländereien verkaufte. Auf dem Totenbett war ihm nur noch der Diamant seines Vaters geblieben, den zu verkaufen er sich weigerte.«

»Und was ist seither mit dem Diamanten geschehen?«, fragte Sam nach einigen Sekunden der Stille.

»Federico hatte zwei Söhne. Den Diamanten hat er dem Älteren mit dem Auftrag übergeben, ihn gut zu bewachen und ihn nie aus den Händen zu geben. Aber auch El Yonaz hatte offensichtlich Nachfolger. Sie gaben die Jagd auf den Diamanten nicht auf.«

»Aber warum wollten sie den Diamanten unbedingt haben?«, fragte Sam. »El Yonaz hätte doch auch viele andere wertvolle Dinge stehlen können?«

»Das ist tatsächlich eine merkwürdige Sache. Der Diamant muss für El Yonaz einen bestimmten Wert gehabt haben. Aber auch für Federico, der lieber verarmte, als ihn zu verkaufen. An diesem Diamanten ist irgendetwas Besonderes, aber was, weiß niemand.«

»Und in wessen Besitz ist er jetzt?«, fragte Sam so unschuldig er konnte. Wenn er wusste, wer der rechtmäßige Eigentümer war, konnte er ihn auch zurückbringen – obwohl er mehr Lust hatte, selbst nach dem Geheimnis des Edelsteins auf die Suche zu gehen. »Federicos Nachfahren haben ein Unternehmen gegründet, das den Diamanten bewachen soll. Es nennt sich sehr zutreffend *La Piedra Preciosa*, der Edelstein. Es ist eine Versicherungsgesellschaft. Man sagt, sie sei in allerlei betrügerische Angelegenheiten verwickelt, aber weil sie gute Beziehungen zu hohen Beamten hat, geht sie immer straffrei aus. Ihr Unternehmen arbeitet sehr effizient, denn es hat den Diamanten nie aus der Hand gegeben. Er liegt sicher verwahrt in einer der vielen Niederlassungen im Land.«

Nun, jetzt wohl nicht mehr, dachte Sam, aber das behielt er wohlweislich für sich.

»Die strenge Bewachung des Diamanten war notwendig, denn auch die Nachfolger von El Yonaz hatten eine Bande ins Leben gerufen. Jahrhundertelang haben sie versucht, den Diamanten zu erobern. Aber man vermutet, dass die Gruppe jetzt nicht mehr existiert, denn zum letzten Mal hat man vor über hundert Jahren von ihnen gehört. Die Anhänger von *La Justa Venganza*, wie sie sich nannten, *die gerechte Rache*, waren an ihrem Ring mit der Abbildung eines Adlers zu erkennen. Sobald die Leute so einen Ring zu Gesicht bekamen, machten sie sich so schnell wie möglich aus dem Staub. Die Bande von El Yonaz war nach all den Jahren noch immer sehr gefürchtet.«

»So, chico, ist deine Neugier jetzt befriedigt?«

Sam nickte. Die Frau beugte sich zu ihm hinüber.

»Gut, dann rate ich dir, keinen weiteren Gedanken mehr daran zu verschwenden. Die Leute von La Preciosa Piedra mochten sich noch nie in die Karten schauen lassen. Schon wenn sich einer etwas zu sehr für sie interessierte, verschwand er auf Nimmerwiedersehen.«

»Aber ich wollte doch nur die Legende hören, mehr nicht«, sagte Sam.

Die Dame lächelte mysteriös. »Ich weiß nicht, wer du bist, chico, aber ich spüre, dass deine Neugier weiter geht als die anderer Leute. Versuche, Schwierigkeiten zu vermeiden, das ist der einzige Rat, den ich dir mit auf den Weg geben kann.«

Sam beschlich das ungute Gefühl, dass diese Frau genau wusste, wer er war.

»Vielen Dank für die Geschichte«, sagte er und stand auf. Er musste seine Gedanken ein wenig ordnen.

Die Frau ging ihm voraus zur Tür und öffnete sie.

»Auf Wiedersehen, chico. Gehab dich wohl, aber pass auf, wem du vertraust.«

Sam nickte und trat hinaus. Er war so in Gedanken versunken, dass er den dunkelblauen Peugeot nicht bemerkte, der ihm in Schrittgeschwindigkeit folgte.

6

Blütenweiße Weste

Die Gedanken kreisten wie ein Bienenschwarm durch Sams Kopf. Er rekapitulierte die Geschichte von Don Carlos. So viele Fragen blieben unbeantwortet. Es war offensichtlich, dass es der Bande von El Yonaz endlich gelungen war, den Diamanten zu stehlen. Aber warum hatte ihn der Dieb vor seine Tür gelegt?

Er musste so schnell wie möglich zu Blanco. Der wusste wahrscheinlich mehr über die Organisationen *La Piedra Preciosa* und *La Justa Venganza*. Sam versuchte, sich an die Anweisungen des Mädchens zu erinnern, die ihm den Weg erklärt hatte. Es gelang ihm beim besten Willen nicht. Don Carlos und sein Diamant nahmen allen Platz in seinem Arbeitsspeicher ein.

Er beschloss, einen Taxifahrer zu befragen. Sam überquerte die Straße und sah nicht, wie hinter ihm ein Mann im schwarzen Anzug aus einem dunkelblauen Auto stieg. Als der Mann sah, dass Sam auf das Taxi zustürzte, fluchte er und setzte sich wieder in den Wagen.

Sam streckte seinen Kopf durch das Fenster an der Fahrgastseite.

»Entschuldigung, darf ich Sie wohl etwas fragen?«

Der Taxifahrer drehte Sam gelangweilt, aber freundlich den Kopf zu, man wusste ja nie, ob man nicht doch einen Kunden vor sich hatte.

»Natürlich, frag nur, Junge«, antwortete er.

»Ich habe mich ein wenig verirrt. Ich suche den Weg ins Zentrum.«

»Au weia, das Zentrum? Das ist ein ganzes Ende von hier«, sagte der Fahrer. »Ich fürchte, die Strecke kannst du kaum zu Fuß zurücklegen. Steig ein, ich bringe dich schnell hin.«

Seltsam, hatte das Mädchen nicht gesagt, es sei gar nicht weit? Entweder hatte Sam sie überhaupt nicht verstanden, oder der Fahrer versuchte nur, etwas an ihm zu verdienen. Aber was sollte er machen? Allein würde er es nicht finden.

Er fühlte in seiner Hosentasche und tastete nach dem Geld für Notfälle. Es war noch da. Er wollte gerade einsteigen, als er seinen Namen hörte.

»Herr Smith!«

Sam sah auf, konnte aber niemanden entdecken.

»Herr Smith! Warten Sie! Hier!«

Sam spähte über das Taxidach und sah Blancos Kopf im Fenster eines kleinen weißen Sportflitzers.

Uff! Blanco suchte nach ihm! Sam schlug die Taxitür wieder zu und rannte zum Wagen seines Praktikumbegleiters. Sam hatte kaum Zeit, sich zu setzen und die Tür zu schließen, als Blanco auch schon den Fuß auf dem Gaspedal hatte und losbrauste. So schnell, dass sie nicht merkten, wie sich der dunkelblaue Peugeot startklar machte, um die Verfolgung aufzunehmen.

»Herr Blanco, ich ...«

Blanco unterbrach ihn. »Einen Augenblick, Herr Smith. Gleich dürfen sie alles berichten. Ruhen sie sich erst ein wenig aus. Manuel, der Chef des Hotels, rief mich an und erzählte, sie seien verschwunden. Ich habe mich gleich auf die Suche gemacht und Sie dürfen sich glücklich preisen, dass ich Sie so schnell gefunden habe.«

Geübt lenkte Blanco seinen Wagen durch den dichten Verkehr Barcelonas. Einige Ampeln, zwei schimpfende Fußgänger und einen ihnen den Mittelfinger zeigenden Radfahrer später fuhr Blanco in ein unterirdisches Parkhaus. Über einen Aufzug und einen Gang erreichten sie Blancos Büro. Der setzte sich hinter seinen Schreibtisch und wies Sam den Platz gegenüber an.

Während sich Sam setzte, griff Blanco nach dem Telefonhörer und drückte die Ziffer null.

»Hola, Negro. Soy Blanco. Sí, he encontrado el chico. Sí ... Sí ... Sí ... Vale ... Hasta luego.«

Er legte auf und wandte sich Sam zu.

»So, Herr Smith, dann können Sie jetzt erzählen, was los ist. Ich habe vorhin Ihr Hotelzimmer gesehen. Es wirkte nicht gerade ordentlich. Aber ich könnte mir vorstellen, dass Sie das nicht selbst waren?«

Sam erzählte, was seit seiner Ankunft im Hotel geschehen war. Der Chef des Hotels, der ihn nicht verstand, das Poltern auf dem Gang, der Diamant vor seiner Tür, die Flucht über die Feuerleiter und die Dame aus dem Museum wurden wieder lebendig. Als er von der Legende des Don Carlos begann, fiel Blanco ihm ins Wort.

»Diese Legende kenne ich, Herr Smith. Haben Sie die Männer in Ihrem Zimmer gesehen? Können Sie sie beschreiben?«

Sam zuckte die Schultern. »Sie trugen schwarze Anzüge, aber sonst sahen sie aus wie alle Spanier, die ich bislang zu Gesicht bekommen habe.«

»Hm, schwarzer Anzug, sagen Sie?«

Blanco schrieb etwas auf ein Blatt Papier.

»Und sie hatten Waffen.«

»Waf-fen«, sagte Blanco gemächlich, während er es notierte.

Irgendetwas verriet Sam, dass Blanco diese Information nicht brauchte, dass er wusste, um wen es sich handelte, aber es Sam nicht gleich erzählen wollte. Sam schüttelte den Anflug von Misstrauen ab. Wenn er Blanco nicht vertrauen konnte, wem dann?«

»Also, wenn ich es richtig sehe, sind Sie jetzt im Besitz des Diamanten von Don Carlos?«, fragte Blanco, während er sich ein wenig in seinem Stuhl zurücklehnte.

»Das stimmt«, sagte Sam.

Eine kurze Stille trat ein.

»Äh ... dürfte ich ihn dann wohl mal sehen?«, fragte Blanco. Offensichtlich war er erstaunt, dass Sam ihn nicht aus eigenem Antrieb zum Vorschein gebracht hatte. Sam tastete, zog das Etui aus seiner Tasche und legte es auf den Tisch. Weil sich Blanco nicht rührte, hob er den Deckel an. Das rote Glitzern des Diamanten erleuchtete das Zimmer.

Blanco sah den Diamanten mit großen Augen an. Er war einen Moment sprachlos beim Anblick dieser Schönheit. Aber schnell fing er sich wieder – wie es sich für einen guten Geheimagenten geziemt. »Hast du der Frau im Museum den Diamanten gezeigt?«

»Nein, sie hat nicht danach gefragt. Sie dachte, ich interessiere mich einfach für Don Carlos.«

»Gut so, je weniger Leute davon wissen, desto besser. Das bleibt unter uns, Herr Smith, verstanden?«

Blanco neigte sich zu Sam hinüber und streckte begierig die Hand aus. Das bisschen Sonnenlicht, das durch das Fenster fiel, fing sich in einem massiven Ring, der an seinem Mittelfinger steckte. Sam musste blinzeln. Plötzlich schossen ihm die Worte der Dame aus dem Museum durch den Kopf.

Die Anhänger von La Justa Venganza waren an ihrem Ring zu erkennen.

Während er versuchte, seine Gesichtsmuskulatur unter Kontrolle zu halten, betrachte Sam Blancos Ring etwas genauer. Er spürte kleine Schweißperlen auf seine Stirn treten. Ein Adler mit gespreizten Flügeln starrte ihn an.

Plötzlich wurde er sich seines Körpers bewusst. Er hörte sein Herz so laut schlagen, als würde jemand mit einem großen Hammer von innen gegen seinen Brustkorb trommeln. Beim Schlucken war ihm, als müsse er einen ganzen See durch den Hals laufen lassen. Er versuchte, seine zitternden Beine unter Zuhilfenahme seiner Hände unter Kontrolle zu halten.

Sobald die Leute so einen Ring zu Gesicht bekamen, machten sie sich so schnell wie möglich aus dem Staub.

Genau das musste er jetzt tun. Und den Diamanten durfte er nicht zurücklassen. So leicht würde ihn die Bande von El Yonaz nicht kriegen!

Blanco merkte, dass etwas nicht stimmte.

»Ist alles in Ordnung, Herr Smith?«, fragte er.

Sam räusperte sich und versuchte, sich zu beherrschen. »Äh, nein, Herr Blanco. Die Anspannung von heute macht mir zu schaffen. Ich glaube, ich gehe besser mal zur Toilette.«

»Das kann ich mir vorstellen«, sagte Herr Blanco. »Sie hatten sich Ihren Aufenthalt in Barcelona wahrscheinlich anders vorgestellt! Wenn Sie das Büro verlassen, gehen Sie nach rechts, dann bis zum Ende des Ganges. Dort stoßen Sie von selbst auf die Toilettentür.«

Sam erhob sich von seinem Stuhl. »Vielen Dank, Herr Blanco. Dass Sie mich gesucht haben und so.«

»Keine Ursache, Herr Smith, das ist die Aufgabe eines Praktikumbegleiters. Also wenn noch etwas ist, fragen Sie ruhig.«

Sam beugte sich über den Tisch und nahm Blanco das Etui aus der Hand. Er drehte es ein paar Mal hin und her und klappte dann den Deckel zu.

»Ich kann Sie nur bitten, diesen Diamanten gut zu bewachen. Ich hätte nicht gern, dass er in die falschen Hände fällt.«

Sam legte das Etui wieder auf den Tisch.

»Das versteht sich von selbst, Herr Smith«, antwortete Blanco. »Es wird niemand auch nur in die Nähe des Diamanten kommen können. Aber gehen Sie jetzt erst einmal zur Toilette, Sie wirken wirklich ein wenig bleich.«

»In Ordnung, Herr Blanco.«

Sam drehte sich um und verließ das Büro. Als er die Tür schloss, schaute er sich um, ob es irgendwo einen Ausweg aus dem Gebäude gab. Viel Zeit hatte er nicht, Blanco würde das Verschwinden des Diamanten schnell bemerken.

7

La Piedra Preciosa

Auf der Suche nach dem Aufzug irrte Sam durch die Flure des spanischen Geheimdienstes. Er hatte keine Ahnung, wohin er sollte, er wollte einfach nur weg.

Die Taschenspielertricks aus dem Unterricht bei Frau March waren ihm gerade recht gekommen. Ohne dass Blanco etwas bemerkte, hatte Sam den Diamanten heimlich in seinem Ärmel verschwinden lassen und ihn anschließend wieder in die Tasche gesteckt.

Wenige Augenblicke später erreichte er die Aufzüge. Sam drückte eine Taste. Während er wartete, warf er einen Blick auf einen der Monitore, auf denen die Halle zu sehen war. Sam erschrak. Die beiden Männer, die vorhin sein Zimmer durchsucht hatten, warteten unten am Aufzug!

Die Männer gehörten also zu Blanco. Der hatte gleich gemerkt, dass Sam den Diamanten mitgenommen hatte und schnell seine beiden Handlanger gerufen. Indem er Sam nicht selbst verfolgte, behielt er weiter eine weiße Weste. Die Drecksarbeit ließ er von anderen erledigen.

Die Lifttüren öffneten sich. Sam schaute hinein und ihm kam eine Idee. Er betrat den Aufzug, ließ ihn bis in den ersten Stock fahren und drückte dann auf Halt. Der Aufzug kam mit einem Ruck zum Stillstand.

Sam sah hinauf. Die Kabine war nicht sehr hoch. Sam sprang und versuchte, mit möglichst viel Kraft gegen die Platten zu stoßen, die den Lift nach oben abschlossen. Eine Platte hob sich ein wenig. Sam sprang wieder und drückte so lange gegen die Platte, bis sie lose war. Als ganz klar ein Loch in der Decke der Kabine zu sehen war, drückte Sam auf den Türknopf. Er verließ den Aufzug, aber nicht, ohne vorher auf Ebene Null gedrückt zu haben.

Die Lifttüren schlossen sich und der Aufzug nahm Kurs nach unten.

Sam suchte nach der Treppe und schlich die Stufen hinunter. Am Fuß der Treppe warf er einen Blick durch das runde Fenster der Tür, die ihn noch von der Halle trennte.

Der Aufzug war mittlerweile angekommen und er sah, wie die beiden Männer erstaunt in die Kabine schauten. Sie gestikulierten heftig. Einer der beiden betrat den Lift und zeigte nach oben. Seine List war aufgegangen, sie dachten, er säße jetzt im Aufzugsschacht.

Sam öffnete lautlos die Tür. So unauffällig wie möglich schlenderte er auf die Glastür zu. Er nickte den Leuten hinter der Rezeption freundlich zu. Normal benehmen, war die Devise. Der Mann beantwortete seinen Gruß mit einem kurzen, steifen Nicken, die Frau lächelte breit.

Ein Seufzer der Erleichterung entfuhr Sam, als er nach draußen kam und ihn die frische Luft der Freiheit umgab.

Aber was bringt einem die Freiheit, wenn man nirgendwo hin konnte? Sam brauchte jemanden, der ihm einen Rat gab, ihm beistand. Im Augenblick war Barcelona ein einziges großes Gefängnis für ihn. Entkommen konnte er nur aus eigener Kraft.

Sam ging in einer großen Menschenmenge auf dem Bürgersteig. Er musste aufpassen, um nicht mit jemandem zusammenzustoßen. Mit der rechten Hand umklammerte er den Diamanten in seiner Tasche. Es wäre schon ziemlich blöd, wenn sich ausgerechnet jetzt ein Taschendieb bedienen würde. Der Dieb würde seinen Augen nicht trauen, wenn er seine Beute zu Gesicht bekäme.

Sam versuchte nachzudenken. Die beiden Männer, die er gerade beim Aufzug gesehen hatte, gehörten also zu Blanco. Und damit zu La Justa Venganza, auch genannt die Bande von El Yonaz. Aber war der Diamant nicht gerade von ihnen gestohlen worden? Wer hatte ihn vor seine Tür gelegt? Das musste dann jemand von La Piedra Preciosa gewesen sein.

Möglicherweise hatte jemand von La Justa Venganza den Diamanten bei La Piedra Preciosa gestohlen – vielleicht die beiden Männer vom Hotel und dem Aufzug – aber vielleicht hatten sie ihn sich irgendwie wieder von jemandem entwenden lassen, der La Piedra Preciosa angehörte. Das würde heißen, dass die Diebe von La Justa Venganza keine gute Arbeit geleistet hätten und das jetzt um jeden Preis wieder in Ordnung bringen wollten. Sam musste also zusehen, dass er jemanden von La Piedra Preciosa fand, um den Diamanten wieder an seinen ordnungsgemäßen Platz zu bringen.

Nichts einfacher als das, wenn nur Sam jemanden von La Preciosa gekannt oder gewusst hätte, wo er denjenigen finden sollte. Bis auf diese beiden winzigen Kleinigkeiten hatte er es doch ganz anständig ausgetüftelt, dachte er ironisch.

Sam wurde müde. Er würde schnell eine Lösung finden müssen, denn er durfte nicht vergessen, dass er auch seinen Schlafplatz los war.

Die Antwort auf seine Probleme kam ein kleines bisschen zu schnell. Als er um die zigste Ecke bog, erregte ein großes Gebäude sofort seine Aufmerksamkeit. Es war aus rotem Ziegelstein erbaut und machte den Eindruck, als stünde es schon sehr lange in dieser Stadt. Aber Sam interessierte sich nicht für die Entstehungsgeschichte des Hauses. Ihm fielen die großen Neonbuchstaben ins Auge, die das Gebäude verunstalteten:

LA PIEDRA PRECIOSA

Was jetzt? Einfach eintreten und den Diamanten abliefern? Das kam ihm alles etwas zu einfach vor. Er ging auf das Gebäude zu, zweifelte aber, ob er reingehen sollte.

»Señor Smith?«

Allmählich fand Sam es normal, dass Wildfremde ihn mit Namen ansprachen. Ein Mann kam mit ausgestreckter Hand auf ihn zu.

»Ich bin Cristiano, Herr Smith. Ich bin der stellvertretende Direktor von La Piedra Preciosa.«

Noch bevor Sam seine Hand schütteln konnte, hatte Cristiano schon die Brieftasche hervorgezogen und zeigte ihm einen Pass, der seine Funktion im Unternehmen bestätigte.

Sam musterte Cristiano mit Argusaugen. Er war nicht allzu groß und hatte hellbraunes Haar. Während er sprach, rieb er sich mit Zeigefinger und Daumen über seinen kurzen Bart.

»Frau Nina erzählte mir, dass du dich für den Diamanten von Don Carlos interessiert hast«, sagte Cristiano.

Frau Nina? Das musste die Dame vom Museum sein. Neuigkeiten machten hier wirklich schnell die Runde. Frau Nina gehörte also auch zu La Piedra Preciosa. Das hatte sie jedoch nicht erwähnt.

»Ich finde den Diamanten nur so schön«, sagte Sam, was nicht einmal gelogen war. Wegen der Sache mit Blanco misstraute er inzwischen jedem.

»Ich will nicht um den heißen Brei herumreden«, sagte Cristiano leise. »Du weißt genauso gut wie ich, dass man uns den Diamanten gerade gestohlen hat. Wir hätten ihn sehr gern wieder.«

Während er das sagte, sah er Sam tief in die Augen. Er wusste alles!

Sam zögerte und sah sich um. Er hatte zwar vorgehabt, den Diamanten so schnell wie möglich seinem Eigentümer zurückzugeben, aber jetzt war er sich nicht mehr so sicher. Sein sechster Sinn sagte ihm, dass hier etwas nicht stimmte.

»Der Diamant von Don Carlos sorgt für viel Missgunst. Wer ihn in seinem Besitz hat, wird immer in großer Gefahr schweben.«

Cristianos Worte klangen Sam wie eine Drohung in den Ohren. Verzweifelt schaute er sich um. Eine mögliche Lösung saß ein Stück entfernt auf einer Bank und kaute an etwas herum, das aussah wie ein belegtes Brötchen mit Salat. Eine junge Polizistin in Uniform genoss ihre Mahlzeit im Grünen.

»Pass auf!«

Cristiano sprang auf Sam zu und rettete ihn vor einem Radfahrer, der über den Bürgersteig sauste.

»In Barcelona hat man keine Zeit zum Träumen, Herr Smith. Ehe man es sich versieht, stößt man mit jemandem zusammen!«

Sam schwieg.

»Gut, Herr Smith, denken Sie noch einmal darüber nach, was ich gesagt habe. Wenn Sie Informationen für uns haben, dürfen Sie es uns jederzeit wissen lassen.«

Cristiano drehte sich um und spazierte davon, die Hände in den Taschen. Das hatte Sam nicht erwartet. Weshalb betrat er nicht das Unternehmensgebäude?

Sam wusste, dies war der Moment, in dem er um Hilfe bitten musste. Allein konnte er vorläufig nichts ausrichten. Er spurtete zu der Polizistin auf der Bank hinüber.

»Hallo, Señora!«

Die Polizistin sah Sam auf sich zurennen, aß jedoch weiter.

»Sie müssen mir helfen«, keuchte Sam, als er bei ihr stand.

»Was kann ich für dich tun?«, fragte die Polizistin.

Jetzt legte sie das Brötchen doch zur Seite, hielt aber ihre Hand darauf, damit niemand es wegnehmen konnte.

»Sie ... Sie müssen ... eingreifen«, stammelte Sam. »Ich meine, Sie müssen ... Leute ... in einem Gebäude auf einem Platz ...verhaften.«

Die Selbstbeherrschung, die Sam den ganzen Tag schon so vortrefflich geholfen hatte, ließ ihn jetzt im Stich. Zitternd setzte er sich neben der Frau auf die Bank. Er suchte nach Worten.

»Nur die Ruhe, Junge«, sagte die Polizistin gelassen. »Ganz ruhig, entspann dich erst mal.«

Sam atmete ein paar Mal tief ein und aus, bis er merkte, dass sich sein Körper beruhigte. Die Polizistin sah ihn mit großen Augen an. In ihrer kurzen Laufbahn hatte sie bestimmt noch nicht erlebt, dass ein Junge sie bat, Leute zu verhaften. Aber sie wartete geduldig, bis er zu sprechen begann.

»Ich bin Sam Smith«, sagte er. »Und ich mache hier ein Praktikum.«

»Mit deiner Schule?«, fragte die Polizistin.

»Äh, nein, ich bin allein hier, aber das Praktikum ist von meiner Schule organisiert worden.«

»Und welche Schule ist das?«

Sam war einen Augenblick überrascht von dieser Frage. Er durfte unter keinen Umständen sagen, welche Ausbildung er machte. Man wusste nie, wem man vertrauen konnte und wem nicht.

»Eine Schule in London.«

Zum Glück gab sich die Polizistin mit dieser Antwort zufrieden. Aber ihre Neugier war geweckt, jetzt wollte sie mehr wissen.

»Und bei wem wohnst du hier in Barcelona?«, fragte sie.

Sam dachte nach. Er musste schon etwas erzählen, denn sonst würde sie ihn nicht weiter anhören.

»Ich hatte ein Zimmer im Hotel *Buena Vista*. Aber dort wurde eingebrochen, also musste ich weg.«

»Es wurde eingebrochen? Von wem?«

»Von zwei Männern, aber ich weiß nicht, wer sie sind.«

Die Polizistin zog ein Sprechfunkgerät hervor. Offensichtlich wollte sie diese Situation nicht allein lösen. Aber sie benutzte es noch nicht sofort.

»Du kommst also jetzt gerade von diesem Hotel?«, fragte sie.

»Nein, ich komme aus .. einem Büro. Dem Büro meines Praktikumbegleiters. Er gehört zu La Justa Venganza und wollte den Diamanten stehlen.«

Sam begann erneut zu zittern, er hatte wieder die Kontrolle über sich verloren. Durfte er das alles erzählen? Aber was sollte er sonst machen?

Die Polizistin runzelte die Augenbrauen. Plötzlich hatte sie noch viel mehr Fragen.

»Ein Diamant, sagst du? Und dein Praktikumbegleiter wollte ihn stehlen? Von dir?«

»Ja!«, rief Sam und sprang auf. »Und Sie sollen ihn verhaften, genauso wie die beiden Männer, die bei ihm waren und die auch mein Zimmer durchsucht haben. Sie gehören auch zu La Justa Verganza!«

Sam war klar, dass seine Erklärung wirr klang. Er konnte es der Polizistin nicht wirklich übel nehmen, dass sie ihm nicht glaubte. Ihre Welt bestand aus Handtaschendieben, Kindern, die sich verlaufen hatten und Falschparkern. Wenn dann plötzlich ein Junge mit einer wüsten Geschichte über einen Diamanten auftauchte, war das für sie genauso fantastisch wie ein Märchen über Elfen und Kobolde.

»Gut, fang bitte von vorn an. Wer ist dein Praktikumbegleiter und wo wohnt er? Vielleicht kann ich ja Kontakt mit ihm aufnehmen.«

»Nein!«, rief Sam, seine Stimme wurde immer heiserer und lauter. »Das dürfen Sie nicht, das will er ja gerade. Ich sage es doch, Sie dürfen ihn nicht warnen, sondern sollen ihn verhaften!«

»Und weshalb soll ich ihn verhaften?«

Aus ihrer Stimme war immer mehr Unglauben herauszuhören.

»Weil er zur Bande von El Yonaz gehört!«, antwortete Sam. »Er ist Anhänger von La Justa Verganza.«

»Hm, davon habe ich noch nie gehört. Und was hat die ›Bande‹ verbrochen?«

Sam versuchte, geduldig und höflich zu bleiben, aber er wusste, dass er das nicht mehr lange durchhalten würde.

»La Justa Venganza will den Diamanten von Don Carlos stehlen. Schon seit Jahrhunderten!«

»Und – haben sie ihn gestohlen?«, fragte die Polizistin und versuchte, interessiert zu klingen.

»Nein, es ist ihnen nicht gelungen«, antwortete Sam.

Die Polizistin zeigte mit dem Finger auf Sam.

»Also du willst, dass ich drei Menschen verhafte, weil sie nichts gestohlen haben, das aber seit Jahrhunderten wollen?«

Sam nickte. »Sonst werden sie es immer wieder versuchen. Die Bande wird schon jahrhundertelang gesucht. Jetzt können Sie sie endlich verhaften!«

»Und die Mitglieder dieser Bande haben das ewige Leben, es sei denn, man treibt ihnen einen Pfahl in die Brust, oder was?«, fragte die Polizistin. »Junger Mann, ich glaube, du hast zu viele Filme gesehen und willst mich hier auf den Arm nehmen!«

»Das stimmt nicht!«, rief Sam wütend. »Ich weiß, dass meine Erklärung nicht verständlich klingt, aber sie ist wahr. Wenn Sie sie nicht schnell verhaften, flüchten sie vielleicht!«

»Jetzt reicht es aber«, sagte die Polizistin streng. »Gib mir die Adresse deines Praktikumbegleiter, wir werden ihn gemeinsam aufsuchen. Ich finde es unverantwortlich, dass er seine Schüler einfach allein in die Stadt lässt! Ich habe wahrlich was Besseres zu tun, als mir deine Science-Fiction-Geschichten anzuhören!«

»Ja, dein Brötchen essen vielleicht«, murmelte Sam etwas zu laut. Sie hatte es gehört, versuchte aber, Ruhe zu bewahren.

»Die Adresse jetzt!«

»Habe ich nicht«, antwortete Sam wahrheitsgemäß.

»Gut, du hattest deine Chance.«

»Du auch!«

Dieses Mal hatte er es absichtlich laut genug gesagt. Er wusste, dass er vor Polizisten Respekt zeigen musste, aber er konnte wirklich nicht verstehen, weshalb sie seine Geschichte nicht wenigstens überprüfte. Jetzt hatten Blanco und seine Mitarbeiter genügend Zeit, eventuell belastendes Material zu beseitigen.

»Jetzt reicht es wirklich«, sagte die Polizistin und führte ihr Sprechfunkgerät zum Mund.

Sie drückte einen Knopf und ratterte einige Worte auf Spanisch ins Mikrofon. Zwischen dem Rauschen hörte Sam eine andere Stimme antworten und so ging es ein paar Mal hin und her. Danach steckte sie das Gerät wieder ein und sah Sam an.

»Du setzt dich jetzt mal schön hierher«, sagte sie.

Sie nahm ihr Brötchen wieder in die Hand und biss ab. Sam tat, was man ihm gesagt hatte.

»Und was passiert nun?«, fragte er.

»Das wirst du gleich sehen«, antwortete die Polizistin und aß in aller Seelenruhe weiter.

Mit weiteren Antworten brauchte Sam wohl kaum noch zu rechnen. Er war neugierig, ob die Polizistin doch ein Team zur Festnahme angefordert hatte. Hm, die Chance war gering.

Lange brauchte er nicht zu warten. In der Ferne sah er einen Kollegen der Polizistin, der auf sie zukam. Er ging schnell und war im Nu bei ihnen.

»Du hast Glück, dass ich jetzt zur Dienststelle muss, aber Raúl übernimmt das hier jetzt. Er wird dafür sorgen, dass du sicher nach Hause kommst, und ich habe ihm gesagt, dass er dich und deinen Praktikumbegleiter nicht zu leicht davonkommen lassen soll!«

Ihre Predigt wurde vom Rauschen ihres Sprechfunkgerätes unterbrochen. Wieder flogen spanische Worte hin und her, aber diesmal hörte Sam seinen eigenen Namen und den von Raúl. Danach wurde es kurz still auf der anderen Seite. Als die Polizistin wieder Anweisungen erhielt, hoben sich ihre Augenbrauen. Sie drehte den Kopf zu Sam.

Sam überkam ein mulmiges Gefühl. Irgendwas stimmte hier nicht.

Die Polizistin gab ihrem Kollegen das Gerät und fummelte an den Handschellen an ihrem Gürtel herum.

»Die Pläne haben sich geändert, Sam Smith. Du wirst *jetzt* mit auf die Wache kommen.«

Bevor Sam klar wurde, was sie damit meinte, hatte sie ihm schon die Arme auf den Rücken gedreht und seine Hände aneinandergefesselt. So unrealistisch und fantastisch ihr Gespräch eben noch schien, so kalt und realistisch fühlte er jetzt das Eisen um seine Handgelenke. Dieser Tag war ja wohl so ziemlich das Allerletzte.

8

Das Verhör

»Gratuliere, das ist ja eine Glanzleistung, zu zweit einen Jungen zu verhaften! Sicher, dass ihr keine Verstärkung braucht?«

Sam war so empört über seine Verhaftung, dass er alle Höflichkeit beiseite ließ. *Er* hatte den Diamanten doch nicht gestohlen? Er versuchte nur, ihn den richtigen Leuten zurückzugeben und zum Dank wurde er nun eingebuchtet!

Der Fahrer des Polizeiwagens schaute jedoch weiter konzentriert nach vorn und auch Raúl auf dem Beifahrersitz reagierte nicht.

»Ihr habt mich nicht einmal durchsucht. Vielleicht habe ich ja ein Messer in der Tasche und bin gerade dabei, meine Handschellen zu knacken.«

»Dann schweig einfach und knack weiter. Hauptsache, du hältst den Mund.«

»Ach, ihr könnt ja doch reden!«

Raúl löste den Gurt und beugte sich über seinen Sitz zu Sam.

»Hör zu, Junge, ich weiß nicht, weshalb wir dich verhaften sollten, und mir gefällt das auch nicht. Aber es ist nun einmal so, also, wenn du dich ein wenig anständig verhältst, bin ich davon überzeugt, dass alles in kürzester Zeit geklärt ist. Und jetzt will ich kein Wort mehr hören.«

Sam fügte sich. Er musste einen Ranghöheren finden. Dann konnte er seine Geschichte loswerden. Hoffte er.

Das Auto fuhr auf einen Parkplatz, der für die Polizei reserviert war. Raúl öffnete die Tür an Sams Seite, ließ ihn aussteigen und führte ihn hinein.

Offenbar war es ein Spitzentag für die Kleinkriminalität, denn auf der Wache herrschte Hochbetrieb.

»Déjanos ir! No hemos hecho nada!«

Zwei spärlich bekleidete Frauen übertrafen sich gegenseitig darin, einen blutjungen Polizisten anzuschreien, der ihre Worte ruhig zu Papier brachte. Trotz seiner Jugend war er anscheinend schon einiges gewohnt.

»Hasta la próxima!«

Ein Trunkenbold, der seinen Rausch in der Zelle ausgeschlafen hatte, winkte den Polizisten freundlich zu. Er würde bald wiederkommen.

Raúl bahnte sich mit Sam einen Weg durch die Menge der Polizisten, mutmaßlichen Täter und Opfer. Als sie den Schalter erreichten, begann Raúl ein Gespräch mit einem Kollegen. Sam schaute sich um und bemerkte zwei junge Frauen, die etwas auf Englisch berichteten. Obwohl es ihrer Aussprache kaum anzumerken war, vermutete er, dass es nicht ihre Muttersprache war. Die Polizistin, die ihnen half, gab sich große Mühe, sich verständlich auszudrücken.

»Und wann wurde Ihre Handtasche dann gestohlen?«

»Heute Mittag im Schuhgeschäft!«, antwortete eines der Mädchen. »Meine Schuhe waren kaputt, ich musste neue kaufen.«

»Und Sie hatten Ihre Handtasche bei sich?«

»Nein, ich hatte sie neben mich gestellt. Aber das hatte ich nicht bemerkt«, sagte jetzt die andere.

»Hm, nicht so schlau, was?«, sagte die Polizistin. »Wie lange seid ihr schon hier?«

»Erst einen Tag, wir wollen hier ein halbes Jahr studieren«, antwortete die erste.

Die Polizistin lächelte mitleidig.

»Nun, willkommen in Barcelona!«

Plötzlich wurde Sam am Ärmel mitgezogen. Raúl hatte sich informiert, was er mit ihm machen sollte. Sie gingen durch eine Tür an der Rückseite des Raums. Dahinter war eine Treppe, und Sam wurde nach oben geführt. Sie kamen in einen langen Gang mit Türen zu beiden Seiten. Raúl öffnete die zweite Tür an der rechten Seite und schob Sam hinein. Er zückte einen Schlüssel und befreite Sam von seinen Handschellen.

»Warte einen Moment hier«, sagte er freundlich. »Keine Sorge, alles kommt wieder in Ordnung.«

Er schlug die Tür hinter Sam zu.

Im Zimmer stand ein großer, viereckiger Tisch mit einigen Stühlen. Die Wand gegenüber der Tür bestand zur Hälfte aus Spiegelglas. Das erinnerte Sam an einen

Krimi. Hinter dem Glas beobachtete ihn wahrscheinlich jemand.

Er ging zum Spiegel und beugte sich vor. Er konnte nicht hindurchschauen, leider. Er drehte sich um, als eine Tür zuschlug.

Zwei Männer waren ins Zimmer gekommen. Sie sahen aus wie Zwillinge: Beide waren dünn mit identischer Kurzhaarfrisur und zerknitterten Anzügen. Der einzige Unterschied war, dass der Linke ein Goldkettchen mit einem winzigen Diamanten um den Hals trug.

Der rechte machte Sam mit Gebärden klar, dass er sich auf einen Stuhl setzen sollte. Die beiden Herren nahmen ihm gegenüber Platz. Der linke begann zu sprechen.

»Sam Smith, das ist Inspektor Fino und ich bin Inspektor Delgado.

»Ich nehme an, du weißt, warum du hier sitzt?«, fragte Fino.

Sam machte ein erstauntes Gesicht.

»Ich habe keinen blassen Schimmer. Ich dachte, das würden Sie mir erzählen. Kann ich mich übrigens bei Ihnen über die Art und Weise beklagen, wie man mich behandelt hat?«

Fino lächelte fein.

»Natürlich kannst du das, aber vielleicht wärst du erst so freundlich, einige Fragen zu beantworten?«

Delgado stellte ein Tonbandgerät auf den Tisch und drückte den Aufnahmeknopf.

Sam sah von einem zum anderen. Sie wollten wahrscheinlich wie die Polizistin einige Fragen durchgehen, wie nach seiner Schule, seinem Praktikumbegleiter und seiner Adresse. Gut, danach würde er berichten.

»Schön«, sagte Delgado. »Dann falle ich gleich mit der Tür ins Haus: Warum hast du den Diamanten von Don Carlos gestohlen, Sam?«

Es war, als würde ihm jemand mit dem Hammer auf den Kopf schlagen. Das war doch nicht möglich! Dachten sie wirklich, *er* hätte den Diamanten gestohlen? Das musste ein Irrtum sein!

Sam lachte. »Sie scherzen, Herr Delgado. Sie glauben doch nicht wirklich, ich hätte den Diamanten entwendet?«

Aber Delgado verzog keine Miene.

»Sehe ich so aus, als würde ich einen Scherz machen, Sam? Ich scherze nicht. Das letzte Mal, als ich einen Scherz machte, konnten die Tiere noch sprechen.«

Trotz der leichten Übertreibung vermutete Sam eine Menge Wahrheit in Delgados Worten.

Fino fuhr fort. »Soll ich die Frage noch einmal wiederholen oder hast du sie behalten?«

Sam schluckte. Das sah nicht gut aus. Obwohl – was wäre, wenn er ihnen den Diamanten einfach überreichte? Er konnte erklären, dass er ihn durch Zufall bekommen hatte und der richtigen Person zurückgeben wollte. Die Polizisten wirkten durchaus so, als könne man sich auf sie verlassen, sie würden schon wissen, was zu tun war. Und dann konnte er einfach gehen und sich nichts mehr aus der ganzen Sache machen.

Fino und Delgado schauten ihn ungeduldig an. Sam wurde bewusst, dass er keine große Wahl hatte und fühlte in seiner Tasche nach. Er erstarrte. Der Diamant war weg!

Fino hatte den plötzlichen Stimmungswechsel in Sams Gesicht bemerkt.

»Was ist, Sam? Willst du uns etwas sagen?«

Im Eiltempo versuchte Sam, den Film der letzten Stunden in seinem Kopf abzuspulen. Die Polizeiwache, das Polizeiauto, seine Unterhaltung mit der Polizistin, die seltsame Begegnung mit Cristiano, der ihn vor ... einem Zusammenstoß ...

Sam hätte sich vor den Kopf schlagen können. Wie ein Tourist war er einem Taschendieb auf den Leim gegangen! Cristiano hatte ihn von dem Radfahrer weggezogen und festgehalten. In diesem Moment hatte er ganz kurz nicht mehr an den Diamanten gedacht. Cristiano hatte seine Unachtsamkeit ausgenutzt und den Diamanten aus seiner Tasche gefischt. Darum hatte er sich danach so schnell aus dem Staub gemacht.

Sam dachte nach. Fino und Delgado konnten nun allerdings nichts mehr beweisen. Er hatte den Diamanten nicht dabei und nichts wies darauf hin, dass er ihn je gehabt hatte.

»Ich habe den Diamanten überhaupt nicht gestohlen«, sagte er. »Wie kommen Sie darauf?«

Fino schien erwartet zu haben, dass Sam nicht einfach gestehen würde. Er bückte sich und brachte einen schwarzen Koffer zum Vorschein, den er mit Schwung auf den Tisch legte. Er öffnete ihn, nahm einen Stapel Papier heraus und stellte ihn wieder ab. Delgado griff nach einem Blatt.

»Im Gespräch mit Polizistin Sofía P.D. Gonzalez gibst du an, dass dein Praktikumbegleiter den Diamanten von dir stehlen wollte. Stimmt das?«

Sam zuckte die Schulter. »Das ist möglich.«

Delgado spielte mit seinem Kettchen und fuhr fort. »Jetzt musst du mir mal erklären, wie es möglich ist, dass dir jemand etwas stehlen möchte, wenn du es gar nicht hast.«

Da hatte er zweifelsohne recht. Sam wusste, dass er in seinem Gespräch mit der Polizistin verraten hatte, dass der Diamant in seinem Besitz gewesen war. Die Tatsache, dass ihm der Diamant unterdessen gestohlen worden war, machte die Situation nicht angenehmer. Er wusste nicht, was er sagen sollte.

»Warum sagst du nicht einfach die Wahrheit, Sam? Du wirst dich erleichtert fühlen, und danach suchen wir gemeinsam nach einer Lösung«, sagte Fino.

Aber ihre Wahrheit war nicht seine Wahrheit. Sam musste jetzt tatsächlich so aufrichtig sein wie möglich. Er musste die beiden Inspektoren davon überzeugen, dass nicht er den Diamanten gestohlen hatte, sondern der stellvertretende Direktor von La Piedra Preciosa.

»Gut, ich werde alles erzählen, aber ich habe den Diamanten von Don Carlos wirklich nicht gestohlen.«

Fino und Delgado schienen ihm zwar nicht zu glauben, hatten aber wohl beschlossen, ihm dennoch eine Chance zu geben. Sam versuchte, möglichst ausführlich zu sein, ohne seine Identität vollständig preiszugeben.

»Ich bin heute Nachmittag für ein Auslandspraktikum hier angekommen.«

»Von welcher Schule?«, fragte Delgado. Da hatte er es schon, mit vagen Angaben waren die beiden Inspektoren nicht zufrieden. Dann eben lügen.

»Von einer technischen Schule in London«, fuhr Sam fort. »Ich bin hier, um mir neue Techniken der Holzbearbeitung anzusehen.«

Fino runzelte die Augenbrauen, ließ Sam aber weitererzählen.

»Als mich mein Praktikumbegleiter bei meinem Hotel abgesetzt ...«

»Und wer ist dieser Praktikumbegleiter?«, unterbrach ihn Delgado, den Stift im Anschlag, um gleich einen Namen notieren zu können.

Sam dachte nach. Durfte er der Polizei den Namen eines Geheimagenten so einfach geben? Aber Blanco war Anhänger von La Justa Venganza, einer Organisation, nach der schon lange gefahndet wurde. Und außerdem war *Blanco* genau wie *Rojo* und *Azul* ein Deckname, viel anrichten konnte er also damit nicht.

»Herr Blanco.«

Delgado schrieb es auf. »Erzähl weiter, Sam.«

Sam erzählte noch einmal, was an diesem Tag alles passiert war. Er betonte, dass er den Diamanten nicht gestohlen hatte, sondern dass man ihm diesen vor die Tür gelegt hatte. Delgado und Fino hörten aufmerksam zu. Wenn Sam einen Namen nannte, schrieb Delgado ihn auf. Als er zu Ende berichtet hatte, verließ Delgado den Raum und Fino ergriff das Wort.

»Also, wenn ich es richtig verstehe, ist der Diamant jetzt wieder im Besitz von La Piedra Preciosa, da es ja deren stellvertretender Direktor war, der dich beraubt hat. Schlussfolgerung: Alles ist in bester Ordnung, oder?«

Sam nickte. So hatte er es noch nicht betrachtet.

»Ich habe da jedoch noch ein kleines Problem«, sagte Fino. »Und ich glaube, du kannst mir dabei helfen, Sam.«

Sam sah den Inspektor fragend an. Er wäre froh, wenn er ihm helfen könnte. Alles lieber, als des Diebstahls verdächtigt zu werden.

»Wie kommt es, dass ich nicht die Bohne von deiner Geschichte glaube? Eher würde ich jemandem glauben, der mit einem Benzinkanister und einer Schachtel Streichhölzer in der Nähe eines Brandes erwischt wird und dennoch auf unschuldig plädiert!«

»Aber ich sage die Wahrheit!«, rief Sam empört. Er hatte wirklich angenommen, sie würden ihm glauben, doch sie hatten ihn schon im Vorfeld verurteilt.

Die Tür ging auf und Delgado streckte seinen Kopf hinein. Er winkte seinem Kollegen. Der stand auf und verließ den Raum.

Sam verzweifelte allmählich. Was konnte er noch mehr tun, als die Wahrheit erzählen? Und warum glaubten sie ihm nicht?

Die Inspektoren betraten den Verhörraum wieder. Delgado setzte sich nicht, sondern beugte sich über Sam und legte ihm ein Foto vor. Darauf war ein alter grauhaariger Mann in grauem Anzug abgebildet.

»Weißt du, wer das ist?«, fragte Delgado.

Sam schüttelte den Kopf.

»Das ist Herr Ditor Bollo, der stellvertretende Direktor von La Piedra Preciosa. Ist das der Mann, der dir den Diamanten gestohlen hat?«

Sam schüttelte wieder den Kopf.

»Das dachte ich mir schon«, fuhr Delgado fort. »Aber wir sind seriöse Polizisten, also habe ich sicherheitshalber doch Kontakt mit ihm aufgenommen, um deine Geschichte zu überprüfen. Herr Bollo versicherte mir, der Diamant sei noch immer nicht wieder aufgetaucht. Und außerdem erzählte er mir, dass im gesamten Unternehmen kein Cristiano arbeitet.«

»Aber er hatte sogar einen Dienstausweis!«, protestierte Sam. »Woher sollte ich denn wissen, dass der nicht echt war? Und es ist doch nicht meine Schuld, dass ich beraubt wurde, ich habe ihm den Diamanten schließlich nicht *gegeben.*«

Delgado setzte sich wieder auf seinen Stuhl und Fino, der von einer Ecke aus zugesehen hatte, machte weiter.

»Weißt du, Sam, ich glaube tatsächlich nicht, dass du diesem Cristiano den Diamanten gegeben hast.«

»Nein, du kannst ihm den Diamanten gar nicht gegeben haben, denn es gibt gar keinen Cristiano.«

Das bisschen Hoffnung, das bei Sam aufgekeimt war, schwand.

Die beiden Inspektoren verblüfften Sam immer wieder aufs Neue. Er fragte sich, warum sie ihn noch verhörten. Sie hatten das Puzzle offensichtlich schon selbst vervollständigt.

»Du hast dir Cristiano ausgedacht, um ein schönes Alibi zu haben«, sagte Delgado. »Alles ganz logisch, oder? Eine seltsame Gestalt, über die keinerlei Informationen zu finden sind, taucht plötzlich auf und stiehlt den Diamanten. Das passt ja alles wunderbar.«

Delgado öffnete den Ordner, den er kurz zuvor aus seinem Koffer genommen hatte.

»Und ich muss sagen, ich hätte dir fast geglaubt, Sam. Aber zu deinem Pech ist es einem unserer Mitarbeiter in den letzten Tagen gelungen, einige merkwürdige E-Mails abzufangen. Du hattest bestimmt erwartet, keiner könnte sie lesen, aber die Verschlüsslung war nicht ausreichend.«

E-Mails? Sam konnte sich nicht erinnern, in den letzten Tagen Mails verschickt zu haben. An Daphné oder die Schule, ja. Aber er bezweifelte stark, dass darin belastendes Material gefunden werden konnte.

Jetzt kam es darauf an, sich nicht verwirren zu lassen, denn diese Situation wurde immer seltsamer.

»Darf ich diese E-Mails einmal lesen?«, fragte Sam.

Delgado schaute erstaunt. »Hast du jetzt schon vergessen, was du geschrieben hast? Also gut, wenn du den Schein aufrechthalten willst ...«

Er schob ein paar Papiere über den Tisch. Sam überflog sie rasch. Es war die Wiedergabe einer Korrespondenz zwischen ihm und Summer! Sam las ein paar Sätze.

Morgen schlag ich zu. Smith.

Diamand in meinem Besiz. Anweisungen? Smith.

Gute Abeit. Bring Diamand zu Schutzhütte 4. Summer.

Was hatte das zu bedeuten? Wie konnte jemand von seiner Verbindung zu Summer wissen? Er konnte schließlich nur Kontakt mit ihm aufnehmen über seinen ... Computer ...

Sam hätte sich zum zweiten Mal vor den Kopf schlagen können. Sein Laptop! Er hatte ihn gerade starten wollen, als der Diamant vor seine Tür gelegt wurde. Da die Einbrecher den Diamanten nicht finden konnten, hatten sie den Computer mitgenommen. Und weil sie diejenigen waren, die ihn zuerst hochfuhren, waren sie im Besitz des Codes!

»Sam?«

Sam hörte nicht zu. Danach hatten sie wahrscheinlich eine getürkte Konversation zwischen ihm und einem ebenfalls unechten Summer verfasst und dafür gesorgt, dass die der Polizei in die Hände fiel. So konnten sie Sam alle Schuld zuschieben.

»Sam?«

Jetzt stieg ein anderer Gedanke in ihm auf. Was, wenn die Ganoven auch eine E-Mail in seinem Namen an den echten Summer geschickt hatten? Eine, in der er zum Beispiel seine Schuld zugab. Aber würde Summer darauf reinfallen?

»Sam!«

Fino brüllte fast in Sams Ohr.

»Könntest du kurz bei der Sache bleiben? Wie du siehst, wissen wir fast alles. Aber es gibt noch so ein paar Dinge, die wir von dir erfahren wollen, danach darfst du gehen.«

Sam sah die beiden Inspektoren an. Er wusste, sowohl was sie ihn fragen würden, als auch, dass er keine Antwort parat haben würde.

»Was wir vor allen anderen wissen wollen«, sagte Delgado, »ist erstens, wer dieser Summer, dein Auftraggeber, ist. Und zweitens, noch wichtiger, wo der Diamant ist. Über das Warum deiner Taten sprechen wir später.«

»Ich kann euch nichts erzählen, denn all eure Indizien sind ein einziger Fake«, antwortete Sam. »Da will jemand die Schuld auf mich schieben.«

Fino und Delgado sahen ihn ungerührt an. Es war nicht das erste Mal, dass ein Verdächtiger so etwas sagte.

»Oh, natürlich, Sam«, sagte Fino. »Entschuldige den Irrtum. Wenn du es sagst, wird das wohl stimmen. Und wer hat es auf dich abgesehen? Ein Mitschüler, den du schikaniert hast? Eine Lehrerin, die dich auf dem Kieker hat, weil du alles besser weißt?«

Seinen Worte trieften vor Ironie. Sam schwieg. Plötzlich schlug Delgado mit der flachen Hand fest auf den Tisch.

»Es reicht mit den Spielchen, Sam! Du wirst uns jetzt erzählen, was hier Sache ist, oder wir schließen dich so lange ein, dass du gar nicht mehr weißt, warum man dich eingesperrt hat, wenn du wieder rauskommst!«

Sam wurde plötzlich ganz ruhig.

»Ich möchte einen Anwalt«, sagte er.

Fino lachte aus vollem Hals.

»Hörst du das, der Herr möchte einen Anwalt! Nun, ich will dir einmal ganz klar sagen, wie es um dich steht: Du hast überhaupt nichts zu wollen. Von jetzt an bestimmen wir, was mit dir passiert. Und sei sicher, es wird nicht angenehm!«

Delgado legte beschwichtigend die Hand auf den Arm seines Kollegen. Mit den Augen wies er in Richtung Spiegelglas. Offensichtlich stand jemand dahinter und Fino sollte aufpassen, dass er nicht die Kontrolle verlor.

»Ich gebe dir noch eine Chance, Sam«, sagte Delgado leise. »Wenn du uns jetzt erzählst, was wir wissen wollen, legen wir beim Jugendrichter ein gutes Wort für dich ein. Wir werden ihn davon überzeugen, dass dieser Summer an allem schuld ist. Und bevor du bist zwei zählen kannst, darfst du wieder nach Hause.«

Delagado nahm den Papierstapel und richtete die Kanten aus.

»Oder du entscheidest dich zu schweigen – in dem Fall werden wir dich wie jeden anderen Verbrecher behandeln. Dann sitzt du morgen zwischen Mördern, Räubern und Kidnappern und wartest auf deinen Prozessbeginn. Aber du wirst dich schon zu wehren wissen, was, Sam?«

Sam schwieg. Es hätte gern etwas gesagt, aber er wusste nicht, was. Er konnte nur an eins denken: Von jetzt an musste er sich allein durchschlagen.

»Gut«, sagte Delgado nach ein paar stillen Minuten. »Du entscheidest dich also für Möglichkeit zwei.«

9

Der Ausbruch

»Weitergehen!«

Der Polizist, der Sam zu seiner Zelle bringen sollte, mahnte ihn zur Eile. Sam blieb regelmäßig stehen und nahm seine Umgebung in sich auf. So hatte er es in der Schule gelernt. *Man sollte immer wissen, wo man ist,* war das Motto. Aber der schnurrbärtige Gefängnisaufseher hatte keine Lust, den Reiseleiter zu spielen.

»Gleich hast du genügend Zeit zum Ausruhen!«

Sam betrachtete die Gänge, die Türen und die Kameras an den Decken. Eine Flucht war nahezu unmöglich.

Sie waren schon an mehreren Türen vorbeigekommen, die massiv verschlossen waren. Bevor er dort durch wäre, hätten sie ihn längst wieder geschnappt. Um seinen Bewacher nicht zu sehr aufzubringen, ging er schnell weiter.

Am Ende des Ganges kamen sie zu einem Schalter. Dahinter saß ein weiterer Beamter, der geistesabwesend auf einen Monitor starrte. Sein Tag bestand zu neunzig Prozent aus Sitzen und Filme ansehen. Er grüßte Sams Wärter.

»Hola Pedro, cómo estás?«

»Muy bien«, brummte Pedro. »Tengo un chico inglés aquí.«

»Ah, ein Engländer!«, sagte der Monitorbewacher. »Na, was hast du verbrochen, Junge?«

Sam hatte keine Lust, alles zu erklären, es hatte doch keinen Sinn.

»Ich bin der Kopf des britischen organisierten Verbrechens und werde in fünfundvierzig Ländern wegen Betrugs gesucht. Ihr habt also die große Ehre, mich einschließen zu dürfen!«, sagte Sam.

Der Bewacher lachte. »Der Junge gefällt mir, Pedro, er hat Mumm!«

»Und anscheinend auch Geld«, antwortete Pedro. »Schau dir nur mal seinen Anzug an. Den kann ich meinen Kindern nicht kaufen!«

»Nun, das können wir ändern, was? Da die Gefangenen alles abgeben müssen ...«

Pedro grinste. »Genau, dass ich daran nicht gedacht habe!«

Er wandte sich wieder an Sam.

»Ausziehen, Junge, und zwar ein bisschen dalli!«

Sam wurde klar, dass er keine Wahl hatte. Was die Gefängniswärter da taten, entsprach vermutlich nicht den Regeln, aber was konnte er schon dagegen machen? Es gab niemanden, der ihm hier helfen konnte. Er schälte sich aus dem Jackett und knöpfte langsam sein Hemd auf. Pedro nahm das Jackett und hielt es prüfend vor sich.

»Ich glaube, das passt meinem Ältesten wie angegossen!«, sagte er zufrieden.

Trotz der widrigen Umstände schlief Sam in dieser Nacht recht gut. Als Bett diente ein Betonsockel, auf den man eine dünne Matratze gelegt hatte. So eine, wie man sie zum Zelten nimmt, nur unwesentlich dicker. Eine Decke sollte ihn gegen die Kälte schützen.

Im Tausch gegen seinen Anzug hatte er eine alte Jeans und einen dünnen blauen Pullover bekommen. Den Verlust des Anzugs fand er gar nicht einmal so schlimm. Jetzt sah er wenigstens wie ein normaler Junge aus.

Viel blöder war, dass er damit jetzt auch seinen MP3-Spieler los war.

Bis zu dem Moment, als er den Anzug abgeben musste, hatte er Januarys neueste Erfindung vollkommen vergessen gehabt. Er hoffte nur, dass Pedro nicht zu viel daran herumspielen würde.

Kaum hatte er sich hingelegt, schossen ihm allerlei Gedanken durch den Kopf. Er versuchte, eine Erklärung für seine Situation zu finden, gab es jedoch schnell auf; selbst die schwierigste mathematische Aufgabenstellung war leichter zu lösen als das hier. In der Mathematik steckte wenigstens noch eine gewisse Logik.

Er hatte keine Ahnung, wie spät es war, als das Licht in seiner Zelle anging. Pedro öffnete die Tür.

»Aufstehen, chico! Dein Taxi steht vor der Tür!«

Sam rieb sich die Augen und kam langsam hoch. Er blieb kurz auf seinem Bett sitzen, um wach zu werden. Er spürte, dass dies ein wichtiger Tag werden würde, also musste er dafür sorgen, dass er aufmerksam blieb. Pedro wurde ungeduldig.

»Los, Junge, ich habe nicht den ganzen Tag Zeit!«

Sam verließ seine Zelle. Pedro hielt Handschellen bereit.

»Tut mir leid, Junge, aber das muss sein. Umdrehen und Hände auf den Rücken.«

Sam tat, was man von ihm verlangte und spürte, wie sich die Handschellen um seine Gelenke schlossen. Sie saßen ziemlich lose.

»In Ordnung«, sagte Pedro. »Mir nach, wir machen heute einen Ausflug.«

»Wohin?«, fragte Sam.

»Zu deinem neuen Urlaubsort«, grinste Pedro. »Vergiss nicht, eine Ansichtskarte zu schicken!«

Er brachte Sam zur Garage des Gebäudes. Dort stand ein kleiner Transporter bereit. Pedro nickte dem Fahrer zu und öffnete die Hecktür des Wagens.

»Die Passagiere werden gebeten, einzutreten, bitteschön.«

Sam konnte es nicht lassen, ein – zugegeben sehr kleines – Lächeln zu unterdrücken. Pedro war kein übler Kerl. Er hatte Mitleid mit Sam, aber war nicht befugt, etwas an der Verhaftung zu ändern. Er konnte bloß versuchen, es Sam möglichst erträglich zu machen. Sam stieg in den Wagen und setzte sich auf eine der beiden Bänke an den Längsseiten. Pedro nahm ihm gegenüber Platz, um ihn im Auge zu behalten. Einen Moment sah Sam seinen MP3-Spieler in dessen Innentasche. Jetzt kam es darauf an, Pedros Vertrauen zu gewinnen.

»Delgado sagte, ich würde mit Mördern und anderen Schwerverbrechern eingeschlossen. Stimmt das?«, fragte er.

Pedro schüttelte den Kopf. »Delgado macht dir nur was weis. Er hat das nur gesagt, damit du gestehst. Aber das ist offenbar nicht gelungen, oder?«

»Ich kann nichts gestehen, denn ich bin unschuldig«, sagte Sam, aber damit konnte Pedro nichts anfangen.

»Ob du schuldig bist oder nicht, kann ich nicht beurteilen. Ich weiß nur, dass wir auf dem Weg sind zu einem der schwerstbewachtesten Gefängnisse Spaniens. Aber du wirst eine Einzelzelle bekommen und im Prinzip nicht mit den anderen Gefangenen in Kontakt kommen.«

Pedro musterte Sam eine Zeit lang.

»Es muss schon eine wichtige Sache sein, in die du da verwickelt bist, Junge. Sonst würden sie dich nicht so behandeln.«

Sam antwortete nicht und schwieg eine Weile. Es war wirklich eine wichtige Sache und es gab viele Parteien, die Jagd auf den Diamanten machten. La Piedra Preciosa und La Justa Venganza waren die Hauptspieler und dazu hatte sich auch noch Cristiano gesellt. Gehörte er zu La Justa Venganza oder vertrat er eine dritte Partei? Und dann war da noch die Polizei, die hinter dem Diamanten her war. Im Auftrag von La Piedra Preciosa oder verfolgten sie andere Ziele? Einen Täter hatten sie vorläufig schon gefunden: Sam. Und jetzt suchten sie wahrscheinlich Summer. Aber den würden sie nie finden. Die Polizei verfolgte demnach die völlig falsche Spur. Sam hoffte, sie würden das früher oder später einsehen.

Der Weg war jetzt weniger befestigt. Sie hatten die Stadt verlassen und fuhren nun auf kleineren Straßen zum Gefängnis. Sam wusste, dass sein Moment gekommen war. Sobald er im Gefängnis saß, wäre eine Flucht ausgeschlossen. Er würde in der Versenkung verschwinden, ohne auch nur eine Chance, jemanden zu benachrichtigen.

Er tastete die Fahrzeugwand und die Bank ab, auf der er saß. Eine der Schrauben der Bank war nicht tief im Holz befestigt. Sam fingerte daran herum, bis sie noch weiter herausstand. Er sah kurz zu Pedro hinüber, aber der musterte interessiert seine Fingernägel.

Sam drehte an der Schraube, bis sie das Holz losließ. Jetzt war es für ihn ein Kinderspiel, seine Handschellen zu öffnen. Im ersten Jahr hatten sie bei Herrn July gelernt, Handschellen auf alle möglichen Arten zu lösen. Er konnte es sogar mit einem Wollfussel, einem Stück Papier oder einem Schnürsenkel!

Schade, dass man erst im Kurs *Wie man sich aus misslichen Situationen befreit 4* lernte, wie man am besten aus fahrenden Autos springt. Dieses Wissen hätte Sam jetzt gut brauchen können! Aber zumindest würde er testen können, wie viel er noch für das Fach lernen musste.

Sofern er es schaffte, überhaupt aus dem Wagen zu kommen. Die Tür war nicht von innen zu öffnen. Er hatte gesehen, wie der Fahrer sie verschloss. Sam hatte selbst nicht genügend Kraft, die Tür aufzutreten, aber Pedro schon! Nur würde der das nicht freiwillig machen ...

»Wie lange dauert es noch?«, fragte Sam wie ein quengeliges Kind, das mit seinen Eltern auf dem Weg in den Urlaub ist.

Pedro sah auf seine Uhr. »Noch eine knappe halbe Stunde, schätze ich. Kannst es wohl nicht erwarten, deine neue Behausung zu sehen?«

Sam lachte. »Nein, ich habe Autofahrten noch nie besonders gemocht. Ich fliege lieber, da wird mir wenigstens nicht schlecht.«

Pedro war durchaus für ein Schwätzchen zu haben. »Du sagst es! Es ist schon verblüffend, dass man in der Zeit, die wir jetzt unterwegs sind, genauso gut ein Flugzeug nach Brüssel hätte nehmen können!«

»Bist du denn schon einmal in Brüssel gewesen?«, fragte Sam und suchte Pedros Blick.

»Ein Mal mit meiner Frau«, erzählte Pedro. »Damals hatten wir noch keine Kinder und konnten reisen, wohin wir wollten. Jetzt ist das ein wenig schwieriger.«

»Wie viele Kinder hast du?«, fragte Sam und versuchte, Pedro wieder anzusehen, aber der war noch immer mit seinen Fingernägeln beschäftigt.

»Drei. Drei Jungs«, antwortete Pedro. »Allesamt Schätzchen, außer wenn sie zanken. Der Älteste fordert den Jüngsten immer heraus, indem er sagt, dass er stärker ist. Der Jüngste fällt jedes Mal darauf herein und lässt sich auf einen Kampf ein, den er doch nicht gewinnen kann. Und wem soll man dann die Schuld geben?«

»Beiden«, sagte Sam. »Dem Älteren fürs Herausfordern und dem Jüngeren, weil er Worte mit Gewalt beantwortet.«

Jetzt schaute Pedro hoch. »Hm, da ist was dran. Bis jetzt habe ich immer nur den Ältesten bestraft, weil er es besser wissen müsste. Aber der Kleine macht wirklich auch etwas falsch.«

Sam hatte keine Ahnung, woher er seine Weisheit nahm. Er selbst war Einzelkind und hatte somit keine Erfahrung mit Geschwistern. Aber in dem Moment hätte er einfach alles gesagt, um Pedro in die Falle zu locken.

Pedro sah ihn an. »Du bist nicht auf den Kopf gefallen, Junge. Vielleicht ist das ja der Grund, warum sie dich festhalten.«

Sam nickte und sah Pedro tief in die Augen. Das war seine Chance. Auf der Schule hatten sie im ersten Jahr gelernt, wie die Blitz-Hypnose funktionierte. Damit hatte man den Gegner für einen sehr kurzen Zeitraum in seiner Macht und konnte dafür sorgen, dass er zum Beispiel die Waffe fallen ließ. Der Vorteil an dieser Methode war, dass auch die Wirkung blitzartig eintrat.

Pedro konnte das natürlich nicht wissen. Es dauerte daher auch nicht lange, bis der arme Gefängniswärter wie verrückt auf die Hecktür des Wagens einzutreten begann. Nach vier kräftigen Stößen flog die Tür aus dem Schloss. In dem Moment erwachte Pedro aus seiner Hypnose und sah verwirrt auf die offene Tür.

Sam gönnte ihm nicht die Zeit, zu sich zu kommen. Er griff sich den MP3-Spieler aus Pedros Tasche und hechtete zur Tür. Sie fuhren auf einem Weg mit Wiesen und Büschen zu beiden Seiten. Dort musste er aufkommen.

Sam sprang aus dem fahrenden Auto, landete auf den Füßen und fiel vornüber. Er rollte auf die Büsche zu. Schmerz durchzuckte ihn.

Aber dafür hatte er jetzt keine Zeit. Der Polizeiwagen würde zurückkommen, um ihn zu suchen. Er stand auf und rannte. Besser gesagt: humpelte. Sam lief, bis das letzte bisschen Kraft aufgebraucht war. Er überquerte Wiesen, passierte Bäche und querte Wäldchen.

Als die Dämmerung anbrach, gab er auf. Er suchte einen Platz am Waldrand und sank zu Boden. Vor Erschöpfung fiel er schnell in einen tiefen Schlaf.

10

Der Grieche

Die Nachricht von Sams Flucht verbreitete sich wie ein Lauffeuer auf der Polizeiwache, wo er die vorige Nacht verbracht hatte. Die anschließende Treibjagd hatte nichts ergeben. Die Inspektoren Fino und Delgado waren stinksauer. Nachdem der Polizist, der ihnen die schlechte Nachricht überbracht hatte, einen Bleistiftspitzer an den Kopf bekommen hatte, wagte sich keiner mehr in ihre Nähe.

Der junge Polizist Raúl hatte mit der Sache nichts zu tun. Er war zwar derjenige gewesen, der Sam aufgegriffen hatte, aber weiter reichte seine Verantwortung nicht. Dennoch ging ihm die Angelegenheit nicht aus dem Kopf. Irgendwas stimmte nicht an der Sache, aber er wusste nicht, was. Fino und Delgado wollten nicht sagen, was Sam getan hatte. Es war bestimmt ein schweres Verbrechen, sonst hätten sie den Jungen nicht ins Gefängnis geschickt.

Aber warum hatte der Junge denn nur die Polizistin González um Hilfe gebeten? Raúl konnte sich nicht vorstellen, dass ein Verbrecher freiwillig zu einer Polizistin ging. Hätte er etwas auf dem Kerbholz, würde er sich möglichst von allen Uniformträgern fernhalten.

Und jetzt irrte das arme Kerlchen also mutterseelenallein in einem Land herum, das er nicht kannte. Raúl konnte sich wirklich angenehmere Dinge vorstellen. Er legte seine Beine auf dem Schreibtisch über Kreuz und dachte nach. Wie konnte er Sam helfen? Offiziell durfte er der Sache nicht nachgehen. Sie lag bei Fino und Delgado und wehe, wenn man den beiden Herren zu helfen versuchte! Sie waren schließlich erfahrene Inspektoren, während Raúl erst ein Jahr im Polizeidienst war. Aber Raúl war zur Polizei gegangen, um Menschen helfen zu können. Sam hatte um Hilfe gebeten, also sollte er die auch bekommen.

An diesem Abend gab Raúl vor, Überstunden zu machen, um ein paar Anzeigen zu bearbeiten. Um halb eins war er auf seiner Etage der Einzige, der noch arbeitete. Als sein Vorgesetzter nach Hause ging, nickte er Raúl aufmunternd zu. Er war froh, dass sich die Jugend nicht zu schade war, länger zu arbeiten.

Es war drei Uhr, als Raúl, der ein wenig vor sich hindöste, in den Gängen über sich Schritte hörte. Schnell knipste er das Licht aus. Eine Minute später hörte er, wie Fino und Delgado die Treppe hinabliefen und das Gebäude verließen.

Sicherheitshalber wartete Raúl noch eine Viertelstunde, bevor er die Treppe nach oben nahm. Eine kleine Taschenlampe in der Hand öffnete er die Tür zum Büro der beiden Inspektoren.

Es dauerte nicht lange, bis er gefunden hatte, was er suchte. Auf einem großen Papierstapel lag eine grüne

Akte, die Fino und Delgado in den letzten Stunden gefesselt hatte. Der Titel, der mit Filzstift auf der Akte geschrieben stand, war kurz und aussagekräftig:

Sam Smith

Das Geräusch Hunderter, vielleicht Tausender zirpender Grillen in Kombination mit rasenden Autos weckte Sam schon früh am Morgen. Er öffnete die Augen nicht sofort. Seine Muskeln waren steif, die Flucht vom Tag zuvor hatte Spuren hinterlassen. Eigentlich wollte er nur liegen bleiben. Sonst nichts. Einfach liegen und all seine Sorgen vergessen. Kurze Zeit nicht daran denken, dass er wegen Diebstahls eines dämlichen Diamanten gesucht wurde. Vergessen, dass er keinen Cent in der Tasche hatte und nirgends hin konnte. Sich einen Moment im Glauben wiegen, er würde gleich in seinem Zimmer in der Schule aufwachen und dann gemütlich frühstücken. Danach würde er mit Daphné zum Unterricht gehen.

Aber das gelang Sam nicht. Seit seiner Ankunft in Spanien hatte er zu viel erlebt, um noch hoffen zu können, er habe nur geträumt. Kaum hatte er die Augen aufgeschlagen, wurde auch das letzte Fünkchen Hoffnung zerstört. Seine Umgebung sah seiner Schule in keinster Weise ähnlich. Er befand sich in einem kleinen Unterschlupf aus Karton und Holzwänden. Sam lag auf den Resten von etwas, das einst ein Feldbett gewesen war. Füße hatte es nicht mehr, stattdessen lag das Bett auf einem Haufen Gras und dadurch ziemlich weich. Der restliche Raum war mit allerlei Kram gefüllt. Von Bildern über Blumentöpfe, von Postkarten bis zu verschlissenen Schuhen, von leeren Flaschen bis zu einem alten Telefon – es gab fast nichts, was es nicht gab.

Plötzlich hörte Sam ein Poltern in der Nähe der Hütte. Eine der Wände wurde beiseite geschoben und ein Mann streckte den Kopf hinein.

»Guten Morgen, Engländer! Morgenstund' hat Gold im Mund! Aufstehen!«

Sam schaute den Mann erstaunt an. Sollte das ein Scherz sein?

»Du bist noch nicht ganz wach, merke ich«, fuhr der Mann fort. »Reib dir mal die Augen, Junge, ich habe dein Frühstück dabei!«

Der Mann kam in die Hütte und schwenkte eine Papiertüte. Er trug einen Vollbart und seine langen braunen Haare waren zu einem Zopf zusammengebunden. Trotz seiner merkwürdigen Wohnung sah er völlig normal aus. Er trug Jeans und einen dicken Wollpullover.

Er schüttete den Inhalt der Tüte auf einen Tisch neben Sams Bett. Drei Äpfel und eine Handvoll Blaubeeren rollten über den Tisch.

»Ich habe mir große Mühe gegeben«, sagte er entschuldigend, »aber der Bauer nebenan mag es nicht, wenn ich seine Äpfel klaue.«

Sam setzte sich auf und nahm einen Apfel. Er hatte gewaltigen Hunger, denn am Tag zuvor war er gar nicht zum Essen gekommen. Er nahm ein paar Bissen und begann dann erst die Fragen zu stellen, die ihm durch den Kopf spukten.

»Wo bin ich? Wer sind Sie?«

Der Mann streckte die Hand aus.

»Entschuldigung, ich habe mich noch nicht vorgestellt. Wie unhöflich von mir! Mein Name ist Demis Lagos.«

Sam nahm die Hand und schüttelte sie.

»Mein Name ist Philip. Philip Collins«, log Sam. Die Polizei fahndete wahrscheinlich nach ihm, als war es besser, dass dieser Fremde seinen echten Namen nicht kannte.

»Wie bin ich hier gelandet?«, fragte er.

Demis steckte sich ein paar Beeren in den Mund. »Ich habe dich gestern hier in der Nähe gefunden. Du lagst schlafend unter einem Baum. Du hast am ganzen Körper gezittert, aber ich konnte dich nicht wach bekommen.«

Er nahm sich kurz Zeit zum Kauen. Demis entsprach nicht dem Bild, das Sam von einem durchschnittlichen Obdachlosen hatte. Seine Haltung und Handlungen verrieten, dass er nicht immer so gelebt hatte. Demis erzählte weiter.

»Ich habe dich mitgenommen und hier versteckt. Du hast Glück gehabt. Kurz darauf traf ich auf der Straße Polizisten. Sie suchten nach einem Jungen, der geflüchtet war. Ich habe ihnen gesagt, dass ich hier weit und breit niemandem begegnet bin. Daraufhin sind sie in ihr Auto gestiegen und weitergefahren.«

Demis nahm einen Apfel und biss hinein. »Ich weiß nicht, was du getan hast, aber ich halte es für falsch, einen Jungen einfach einzuschließen, Sam.«

Sam sah auf. Die Polizisten hatten also seinen Namen genannt. Er war Demis dankbar, dass er ihn nicht verraten hatte, aber er hatte keine Lust, ihm seine Geschichte zu erzählen. Er fragte sich jedoch, wer sein Retter eigentlich war.

»Wie kommt es, dass du hier wohnst? Ich kann mich irren, aber du wirkst wie ein kultivierter Mann«, sagte Sam.

Demis lächelte schwach. »Ach, was ist kultiviert? Wenn du viel Geld verdienst und ein großes Haus hast, bist du dann kultiviert? Und muss man ein Wilder sein, um wie ich in einer selbst gebauten Hütte zu wohnen? Nein, so einfach ist das alles nicht, Sam.«

Er seufzte. »Die Polizei ist dir auf den Fersen, macht dich das zu einem schlechten Menschen? Vielleicht. Aber vielleicht auch nicht. Jede Geschichte hat zwei Seiten, Sam. Es kommt darauf an, beide Seiten kennenzulernen und so ein Gesamtbild zu bekommen. Die meisten Leute nehmen sich dafür nicht die Zeit. Sie sehen eine Seite und *patschbumm* hast du einen Stempel auf der Stirn.«

»Und welche verschiedenen Seiten hat deine Geschichte?«, fragte Sam.

»Vor allem ist sie nicht schnell erzählt«, sagte Demis. »Ich will dich nicht damit langweilen.«

»Bitte, erzähl sie mir!«, sagte Sam. »Dann brauche ich eine Weile nicht an meine eigenen Probleme zu denken.«

Demis war von Sams aufrichtigem Interesse überrascht. Er suchte kurz zwischen seinem Kram, fand zwei Gläser und eine Flasche Wasser und schenkte ihnen ein.

»Gut, aber ich werde die Kurzversion nehmen. Und nur, wenn du danach auch deine Geschichte erzählst. Vielleicht kann ich dir ja helfen.«

Sam bezweifelte es, nickte aber zustimmend. Es konnte jedenfalls nicht schaden. Demis trank einen Schluck Wasser und begann zu erzählen.

»Schon von klein auf wollte ich reich werden. Nun ja, jedes Kind, das nicht viel Geld hat, träumt mal davon, aber ich hatte es wirklich zu meinem Lebensziel gemacht. Zu Hause war alles knapp. Ich war das jüngste von fünf Kindern. Meine beiden Brüder und zwei Schwestern halfen Vater in einem kleinen Restaurant in Matala. Das ist ein kleines Dorf im Süden der griechischen Insel Kreta. Im Sommer gibt es dort mehr Touristen als Griechen. Unser Einkommen hing daher auch vollkommen von der Zahl der Touristen ab.

Zum Glück verstand mein Vater sehr schnell, dass ich anders war als meine Geschwister. Das Restaurant interessierte mich nicht die Bohne, ich steckte ständig mit der Nase in den wenigen Büchern, die wir besaßen. Ich ging gern zur Schule, weil ich dort etwas hinzulernte. Ich träumte von einer Karriere als Geschäftsmann.«

Demis lächelte traurig. In Gedanken war er in seiner Jugend in seinem Heimatort und konnte den Duft des Restaurants fast riechen.

»Ich wusste nichts davon, aber Vater hat jahrelang Geld zurückgelegt. Zu meinem achtzehnten Geburtstag schenkte er es mir in Form einer Einschreibung an der Universität von Athen. Dort konnte ich Betriebswirtschaft studieren. Das schönste Geschenk, das ich je bekam.

Das Studium war kein Problem für mich. Ich lernte viel und bekam gute Noten. So konnte ich schon bald bei einem Unternehmen in Athen anfangen, das Computerteile verkaufte. Eine neue Welt öffnete sich mir: Ich verdiente viel Geld, ich hatte viele Freunde, ich feierte viel und ich war an meinem Arbeitsplatz gern gesehen. Kurzum, ich hatte mehr oder weniger das Leben, von dem ich als Kind geträumt hatte.«

Sam konnte sich Demis gut im Anzug vorstellen. Daher also die Eleganz, die er an ihm bemerkt hatte. Demis starrte abwesend vor sich hin, als er weitererzählte.

»Aber ich wollte mehr. Das ist eine seltsame Eigenschaft bei Menschen: Je mehr sie haben, desto mehr wollen sie. Wenn man arm ist, glaubt man, den Wert des Geldes nie zu vergessen. Das stimmt nicht. Hat man wenig, gibt man auch wenig aus, hat man viel, gibt man viel aus. Nach vier Jahren Arbeit hatte ich also noch immer nicht viel auf meinem Sparbuch.

Da bekam ich ein Angebot von einem großen spanischen Unternehmen. Sie hatten von meinen Leistungen in Griechenland gehört. Das Unternehmen arbeitete im Versicherungsbereich, ein Markt, mit dem ich nicht wirklich vertraut war, aber das war kein Problem für sie. Ich würde mich schnell einarbeiten. Sie boten mir mehr als das Doppelte dessen, was ich in Griechenland verdiente, also brauchte ich keine lange Bedenkzeit. Und von da an ging alles schief ...«

Demis schwieg. Sam konnte sehen, dass es ihn schmerzte, an die Zeit zu denken, über die er jetzt berichten würde. Er fragte sich, wie es sein konnte, dass ein Mann, der so viel Lebensfreude ausstrahlte, so gebrochen werden konnte.

»Im ersten Jahr lief es alles in allem noch gut. Ich hatte ein gutes Verhältnis zu meinen Kollegen, ein hübsches Appartement im Zentrum von Barcelona und lernte allmählich auch Leute außerhalb der Arbeit kennen. Aber dann geschah etwas, das alles ändern sollte...

An sich war es eine recht banale Angelegenheit: Es hatte einen Verkehrsunfall gegeben und die Versicherung musste entscheiden, ob sie sich einschaltete. Der Wagen einer alten Frau war von einem Polizisten angefahren worden, der nicht im Dienst war, aber eine rote Ampel übersehen hatte. Es gab einige Zeugen, die den Unfall gesehen hatten und sofort dem Polizisten die

Schuld gaben. Nichts Böses ahnend, legte ich eine Akte an. Damit fingen die Probleme an.

Der Polizist war kein Streifenpolizist, sondern ein Inspektor. Er war sich keines Fehlers bewusst. Im Gegenteil, er beschuldigte die alte Dame, ihm absichtlich ins Auto gefahren zu sein. Die arme Frau hat drei Wochen im Koma gelegen. Zum Glück vielleicht, denn so brauchte sie nicht alle Scherereien um den Vorgang mitzuerleben.

Einige Tage nach dem Unfall geschah etwas Seltsames. Ein Zeuge nach dem anderen änderte seine Aussage. Manche behaupteten plötzlich, den Unfall doch nicht so genau gesehen zu haben. Andere wandten sich sogar energisch gegen die alte Frau. Daher musste die alte Dame nun doch selbst für alle Kosten aufkommen. Obwohl das für mein Unternehmen sehr vorteilhaft war – der Inspektor war bei uns vollkaskoversichert –, stellte ich weitere Nachforschungen an. Mich ließ das Bild der Frau im Koma nicht mehr los.

Bei den Zeugen blitzte ich ab. Niemand wollte mit mir sprechen. Ich spürte, dass sie Angst hatten. Waren sie bestochen worden oder bedroht? Ich weiß es nicht. Als ich der Geschäftsführung das Problem vorlegen wollte, bekam ich überall zu hören, die Akte sei geschlossen und ich solle mich nicht weiter darum kümmern. Diesen Inspektor habe ich noch regelmäßig zu uns ins Büro kommen sehen. Dann führte er immer lange Gespräche mit dem stellvertretenden Direktor.

Die Angelegenheit spukte mir jedoch immer weiter durch den Kopf. Ich überprüfte die Finanzbelege unseres Unternehmens und über einen Freund kam ich auch an die Telefonlisten. Und dreimal darfst du raten: Es wurde mehrfach vom Unternehmen aus mit den verschiedenen Zeugen telefoniert. Das ist normalerweise nicht die Aufgabe eines Versicherungsunternehmens. Aber das bewies an sich noch nichts. Die Kontoauszüge jedoch schon. Unser Betrieb hatte beträchtliche Summen auf das Konto der Zeugen überwiesen, angeblich die Beträge, die diese Leute noch von der Versicherung zurückbekommen sollten. Aber das lasse ich mir nicht weismachen. Wir haben einen Teil der Zeugen bestochen und die nicht käuflichen Personen einfach bedroht, bis sie aufgaben.«

Demis klatschte einmal in die Hände. »Und so einfach geht das. Die alte Frau sitzt jetzt bis über beide Ohren in Schulden, die sie in ihrem Leben nicht mehr abbezahlen können wird. Und das alles, weil ein Inspektor Verbindungen bei seiner Versicherungsgesellschaft hat, die nicht davor zurückschreckt, alle Mittel einzusetzen, um doch nicht zahlen zu müssen.«

Sam hatte den letzten Teil mit offenem Mund angehört. Konnte das Zufall sein, oder …? Er ließ Demis erst seine Geschichte beenden, bevor er eine Schlussfolgerung zog.

»Und was ist dann passiert?«, fragte er.

»Nun, um eine lange Geschichte ein wenig kürzer zu machen«, antwortete Demis, »man wusste meine anhaltende Neugier nicht zu schätzen. Meine Vorgesetzten entdeckten, dass ich in den Abrechnungen geschnüffelt hatte und ich wurde fristlos entlassen. Offiziell ›aus zwingenden Gründen‹. Und dabei blieb es nicht: Mein Arbeitgeber sorgte dafür, dass ich nirgendwo mehr anfangen konnte. Sie verbreiteten das Gerücht, ich hätte die Buchführung gefälscht, um mich zu bereichern.

Meine früheren Chefs haben wirklich viel Macht hier in Spanien. Niemand traut sich mehr, mich einzustellen. Alle haben ungeheure Angst vor der Reaktion der Versicherungsgesellschaft. Und außerdem haben sie enge Beziehungen zur Polizei. Als ich bei einer Dienststelle Bericht erstatten wollte, wurde ich gleich ausgelacht. Sie wussten, wer ich war und was ich ihnen erzählen wollte. Der Inspektor hatte sie schon gewarnt. Sie sagten, wenn ich es wagte, mich noch einmal blicken zu lassen, würden sie mich einsperren.

Irgendwann war mein Geld aufgebraucht und ich konnte keine Arbeit mehr finden. Ich lebe schon fast zwei Jahre hier. Anfangs versuchte ich, für ein Flugticket nach Kreta zu sparen. Das habe ich aufgegeben. Ich könnte leicht wieder nach Hause, aber das will ich nicht. Ich brauche das alles nicht mehr. Ich bin hier glücklich und lebe von einem Tag auf den anderen. All diese Träume von Geld und Ruhm führen nur ins Unglück.«

Demis schwieg nun, aber Sam brach die Stille schon bald. Seine Neugier war geweckt. Nicht, wie Demis die zwei Jahre überlebte oder warum er nicht zu seinen Eltern zurückkehrte, interessierte ihn, sondern das Unternehmen, für das er gearbeitet hatte.

»Dieser Betrieb, für den du gearbeitet hast, wie hieß der?«, fragte Sam.

»La Piedra Preciosa. Ich weiß nicht, ob du Spanisch sprichst, aber frei übersetzt bedeutet das ›der Edelstein‹«, antwortete Demis.

»Das Unternehmen nennt sich sehr zutreffend La Piedra Preciosa, der Edelstein. Es ist eine Versicherungsgesellschaft. Man sagt, sie seien in allerlei betrügerische Angelegenheiten verwickelt, aber weil sie gute Beziehungen zu hohen Beamten haben, gehen sie immer straffrei aus.«

Frau Nina hatte recht gehabt. La Piedra Preciosa war tatsächlich in Angelegenheiten verwickelt, die besser nicht ans Licht kamen. Der Fall des Inspektors war wahrscheinlich nur die Spitze des Eisbergs.

»Und der Inspektor, wer war das?«, fragte Sam.

»Den Namen werde ich im Leben nicht vergessen: Inspektor Delgado!«

11

Kartentricks

Es hätte eine Szene aus *Robin Hood* sein können. Zwei Menschen, die vom Sheriff für vogelfrei erklärt worden waren, saßen in einer Hütte zusammen und erzählten sich verschwörerisch ihre jeweilige Geschichte. Dabei entdeckten sie, dass sie von ein und derselben Person geschädigt worden waren.

Nachdem Sam zu Ende erzählt hatte – wie üblich ohne näher auf die Schule einzugehen –, blieb es eine Weile still. Demis dachte nach. »Du bist ganz schön tough, Sam. Was wirst du jetzt machen?«

»Niemand glaubt mir, also muss ich Beweise sammeln, die meine Unschuld belegen«, antwortete Sam. »Das geht nur, wenn ich den Diamanten wiederfinde und ihn dem Eigentümer zurückgebe. Aber wer das eigentlich ist, weiß ich jetzt nicht mehr so genau. Ich habe das Gefühl, irgendetwas an der Legende von Don Carlos stimmt nicht.«

»Hast du schon darüber nachgedacht, wie du vorgehen willst?«, fragte Demis voller Bewunderung für Sams Entschlossenheit.

»Ja, ich muss nach Marseille. Dort ist eine Freundin von mir. Auch im Praktikum. Sie wird mir sofort helfen, wenn ich sie darum bitte. Danach kommen wir zurück, um herauszufinden, was hinter all dem steckt.«

»Und wie willst du nach Marseille kommen? Der Zug kostet Geld. Ich würde es dir augenblicklich geben, aber es ist leider gerade alles für eine neue Jacke draufgegangen«, sagte Demis.

Darüber hatte Sam noch nicht nachgedacht. Er hatte im Gefängnis alles abgeben müssen. Auch das Geld, das er von der Schule mitbekommen hatte. Da kam er nicht mehr ran. Demis sah sein enttäuschtes Gesicht.

»Nun, wenn man kein Geld hat, muss man welches verdienen. Und heute ist dein Glückstag, Junge, denn ich weiß alles übers Geldverdienen! Na ja, eigentlich mehr übers Geld verlieren«, sagte Demis und lachte. »Wir gehen gemeinsam in die Stadt und versuchen, so viel Geld zusammenzukriegen, dass du nach Marseille kannst. Was hältst du davon?«

Sam dachte nach. Meinte Demis das ernst? Sollte er betteln?

»Ich weiß nicht. Ich glaube, ich bin nicht so gut im Betteln.«

»Ach, das dachte ich anfangs auch, aber man lernt schnell. *Einen Euro, meine Dame? Ich habe drei kranke Kinder.« – »Ich muss dringend anrufen, haben Sie vielleicht ein bisschen Kleingeld für mich?* Solche Varianten gibt es viele. Ich habe sogar schon einmal so getan, als hätte ich nur einen Arm!«

Demis merkte, dass er Sam nicht überzeugt hatte.

»Es gibt natürlich noch eine andere Möglichkeit. Hast du irgendein Talent, das uns nützlich sein könnte? Ich meine, kannst du vielleicht ein paar akrobatische Kunststücke oder sehr gut singen? Dafür lassen die Leute gern etwas springen.«

Sam dachte nach. Er konnte Menschen kurzfristig hypnotisieren, das hatte er gerade noch unter Beweis gestellt. Er konnte eine Bombe entschärfen und sich aus einer Zwangsjacke befreien. Aber das half ihm hier nicht weiter.

»Ich hab's!«, rief Sam. »Ich kann ein paar Kartentricks! Ich kann die Leute eine Karte raten lassen und wenn sie falsch raten, bekomme ich ihr Geld.«

Demis machte ein besorgtes Gesicht. »Das musst du aber wirklich sehr gut können, Sam. Wenn die Leute dich durchschauen, wirst du Geld verlieren und dann geht dein Plan nicht auf.«

»Ich werde es dir zeigen«, sagte Sam, der Feuer und Flamme war für seine Idee. »Hast du ein Kartenspiel?«

Demis begann zu suchen. »Karten, Karten ... bestimmt habe ich welche. Aha, da sind sie!«

Demis zog ein abgenutztes Spiel unter einem alten Lampenschirm hervor. »Dann zeig mal, was du kannst.«

Sam führte den Trick vor, den er von Frau March gelernt hatte. Er schob die drei Damen durcheinander und ließ Demis raten. Bei zehn Mal traf er nur ein einziges Mal ins Schwarze. Danach zeigte Sam ihm, wie es ging. Demis war beeindruckt.

»Damit muss es klappen. Aber wir müssen erst ein wenig Startkapital verdienen. Denn stell dir vor, jemand durchschaut den Trick gleich am Anfang – wie willst du den dann bezahlen?«

Demis hatte recht. Sie würden doch erst ein wenig betteln müssen. Aber zum Glück nicht den ganzen Tag.

Demis zog seine neue Jacke an und warf Sam ein braunes Jackett zu.

»Zieh das mal an, denn so richtig warm ist es draußen nicht.«

Sie brauchten nicht lange zu warten. Ein freundlicher Lkw-Fahrer nahm sie mit und setzte sie am Rand von Barcelona ab. Sam war froh, dass sie nicht das ganze Stück zu Fuß gehen mussten, sonst wären sie am nächsten Tag noch nicht angekommen. Und Zeit hatte er – neben Geld – momentan wenig.

»Wohin gehen wir am besten?«, fragte Sam.

»Normalerweise würde ich *La Rambla* vorschlagen«, antwortete Demis. »Das ist so ziemlich die belebteste Straße von Barcelona. Aber wenn ich es richtig verstehe, bist du in der Gegend verhaftet worden. Die Chance ist groß, dass die Polizei dich dort erkennt, oder vielleicht die Einbrecher aus deinem Hotel oder dein Praktikumbegleiter. Dieses Risiko gehen wir nicht ein.«

Sam nickte. Demis hatte recht. Wenn er noch einmal in die falschen Hände fiel, würde er nicht mehr so leicht fliehen können.

»Also was schlägst du vor?«, fragte er.

»Hm, wir könnten zum Güell-Park gehen. Er wurde von dem Architekten Gaudí entworfen und ist kein gewöhnlicher Park. Da stehen lauter merkwürdige Dinge, die sich viele Leute anschauen, ich denke also, dass wir dort zum Zuge kommen.«

Sam hatte keinen Einwand. Demis kannte sich aus. Während sie durch die Straßen der spanischen Weltstadt spazierten, sprach Demis ständig Passanten an und bat sie um ein wenig Kleingeld für sich und seinen kranken Sohn, der dringend zum Arzt müsste, sonst würde er sterben.

Sam schämte sich fast zu Tode, wenn Demis wieder jemanden anbettelte. Er traute sich nicht, die Leute anzusehen. Demis hatte jedoch keinerlei Hemmungen und spuhlte unermüdlich sein Sprüchlein herunter, wenn er ein neues Opfer erspäht hatte.

Die Reaktionen wechselten. Manche Menschen schämten sich genau wie Sam und tasteten schnell in ihren Taschen, um sie loszuwerden. Andere sagten freundlich Nein oder Sorry, aber es gab auch andere, die einfach stur weiterliefen. Sie wollten nicht einmal zuhören, es schien, als hätten sie Angst vor dem freundlichen Bettler und seinem Sohn. Ein alter Mann ging so in Demis' Geschichte auf, dass er sofort einen Schein zückte. Als sie den Park erreichten, hatten sie ausreichend Geld, um mit Sams Kartenspiel anfangen zu können.

Sam war Demis dankbar, dass er ihn beim Betteln nicht einbezogen hatte. Er hätte es nicht gekonnt.

»Die Scham schwindet nach einiger Zeit von allein«, erklärte Demis. »Am Anfang traute ich mich auch kaum, Leute anzusprechen, aber nach einiger Zeit brauchte ich so dringend Geld, dass ich es musste. Ich habe meinen Stolz hinuntergeschluckt und die Passanten ohne Umschweife um Geld gebeten.«

Als Sam und er den Güell-Park betraten, war ihm, als wären sie in einer Märchenwelt gelandet. Er sah ein Häuschen wie bei Hänsel und Gretel, nur dass dieses nicht aus Lebkuchen gemacht war. Als sie die ersten Treppenstufen erklommen hatten, wurden sie von einem großen Salamander begrüßt. Es konnte auch eine Eidechse sein. Jedenfalls schien dieses Tier mit seinen vielen Farben geradewegs aus einem Märchen entwischt zu sein. Einige Touristen ließen sich neben ihm fotografieren.

Viel Zeit für Sightseeing blieb Sam nicht. Demis war unterdessen schon weitergegangen. Sam rannte ihm durch eine Art Säulengang nach. Plötzlich hörte er Musik. Eine bekannte Melodie blieb in seinem Kopf hängen, was war das noch mal für ein Lied? Etwas weiter hinten sah er, wer für die Klänge verantwortlich war: Ein Saxofonspieler und ein Gitarrist unterhielten ein kleines Publikum. Sam konnte sich nach und nach an die Worte des Lieds erinnern.

I'm an alien, I'm a legal alien,
I'm an Englishman in New York.

So fühlte sich Sam auch in Barcelona: als ein Fremder, ein außerirdisches Wesen. Aber der Songschreiber war bestimmt nicht von der Polizei gejagt worden.

Sie suchten sich einen Platz zwischen einigen Verkäufern von Porträts und Bildern und richteten sich dort ein. Demis hatte einen Klapptisch mitgenommen, auf dem Sam seine Künste zeigen durfte. Sam nahm die Damen aus dem Kartenspiel und legte die zwei schwarzen und die Herzdame vor sich auf den Tisch.

Sobald Sam fertig war, begann Demis, die Passanten herbeizulocken.

»Versuchen Sie hier Ihr Glück! Wählen Sie die richtige Karte und verdoppeln Sie Ihren Einsatz! Es ist ganz einfach, finden Sie die rote Karte und gewinnen Sie!«

So ging es zehn Minuten an einem Stück, aber niemand wollte sein Glück versuchen, obwohl wirklich genügend Leute im Park waren.

»Wir müssen es anders versuchen«, sagte Demis. »Wir müssen dafür sorgen, dass die Leute sehen, was wir machen. Dann kriegen sie Lust und wollen auch spielen.«

»Und wie machen wir das?«, fragte Sam.

»Warte hier. Das wirst du gleich sehen«, sagte Demis und entfernte sich von Sam.

Sam blieb verblüfft zurück. Ließ Demis ihn einfach so im Stich? Das konnte er sich nicht vorstellen. Sollte er die Leute jetzt selbst herbeirufen? Sie würden jedenfalls nicht aus freien Stücken zu ihm kommen. Er räusperte sich.

»Kommen Sie herbei! Kommen Sie näher! Versuchen Sie Ihr Glück und gewinnen Sie! Wählen Sie die schwarze, äh, die rote Dame und verdoppeln Sie Ihren Einsatz!«

Das brachte nichts. So würde er nie genügend Geld für Marseille zusammenbringen. Und es hatte sich nach einem so guten Plan angehört!

»Ich würde mein Glück gern einmal versuchen, Junge«, sagte eine Stimme.

Sam sah auf. Hatte sein Rufen dann doch Erfolg gehabt? Vor ihm stand ein Mann in Jeans und einem dicken Wollpullover. Seine neue Jacke hatte er locker über den Arm gehängt. Lange Haare hingen offen auf seine Schultern. Sam lächelte, er verstand, was das sollte.

»Aber sicher, der Herr. Sie sehen hier zwei schwarze Damen und eine rote. Sie sollen gleich erraten, welche der drei Karten die rote Dame zeigt. Wenn Ihnen das gelingt, bekommen Sie Ihr Geld doppelt zurück. Wenn nicht, gewinne ich.«

»Das klingt nicht so schwierig«, sagte Demis.

Sam zeigt die Karten noch einmal, drehte sie dann um und schob sie in hohem Tempo durcheinander. Dann legte er sie wieder ordentlich nebeneinander. Demis zeigte auf die mittlere Karte. Sam drehte sie um. Pik.

»Schade«, sagte Sam und nahm die Münze von Demis. »Möchten Sie noch einmal spielen?«

»Gern«, antwortete Demis.

Mittlerweile waren schon einige Leute stehen geblieben. Interessiert beobachteten sie den Jungen mit den schnellen Händen und seinen Gegner. Demis zeigt erneut auf eine Karte. Diesmal lachte ihn die Herzdame an. Sam reichte ihm seinerseits eine Münze. So spielten sie ein paar Runden, wobei sie dafür sorgten, dass Demis viel mehr gewann als verlor. Vielleicht bekam das Publikum dann Lust zu spielen. Immer mehr Menschen hatten sich um die Vorstellung versammelt. Es wurde sogar ein wenig geklatscht, wenn Demis die richtige Karte entdeckte.

Nach einer Weile beschloss Demis, dass er sein Glück ausreichend herausgefordert hatte und zog sich ins Publikum zurück. Zum Glück kam schnell jemand anderes hervor, der sich auch ein paar Münzen verdienen wollte. Es wurde für viel Geld gespielt, aber Demis Nachfolger hatten weniger Glück. Nur einige Male konnten sie nach wildem Raten die richtige Karte aufdecken. In kurzer Zeit hatte Sam eine Menge Geld verdient – genug für die Strecke nach Marseille und zurück.

Gerade, als er aufhören wollte, tauchte noch ein Mann auf, der unbedingt spielen wollte. Sam sah zu Demis. Der zuckte die Schultern. Es konnte nicht schaden, sich noch ein wenig Taschengeld zu verdienen. Sam legte die Karten wieder auf den Tisch und begann, sie durcheinanderzuschieben. Überzeugt, dass er gewinnen würde, hielt er sich schon bereit, um das Geld in Empfang zu nehmen. Zu seinem Erstaunen pickte der Mann jedoch gleich die richtige Karte heraus. Wie jeder, der gerade gewonnen hat, wollte der Mann noch einmal spielen.

Sam erhöhte das Tempo seiner Hände, aber wieder lag der Mann richtig. Und auch in den folgenden Spielen passte der Mann gut auf und verdoppelte seinen Gewinn. Sam sah sein Geld schwinden und auch die Reise nach Marseille geriet in Gefahr. Demis bedeutete ihm, er solle besser aufhören, bevor er alles verloren hatte. Aber das wollte Sam nicht. Er hatte sich sehr anstrengen müssen für dieses Geld und er würde es auch zurückgewinnen.

Sam nahm heimlich eine zusätzliche Pikdame, die Demis noch aus einem identischen Kartenspiel übrig gehabt hatte und verbarg sie in seiner Handfläche. Der Mann nickte zum Zeichen, dass er bereit sei und Sam begann. Diesmal ging es rasend schnell. Nach einiger Zeit ließ er die zusätzliche Karte ins Spiel fallen und schob im selben Moment die rote Dame mit der anderen Hand unter den Kartenstapel. Es funktionierte, der Mann hatte nichts gemerkt und war erstaunt, dass er diesmal danebenlag.

»Noch ein Mal?«, fragte Sam.

Der Mann nickte. Er hielt seinen Irrtum nur für Pech. Gleich würde er wieder gewinnen.

Aber das geschah nicht. Immer wieder ließ Sam die rote Dame verschwinden, sodass er nach einiger Zeit sein Geld wieder zurückverdient hatte. Er sah den Mann, der allmählich ziemlich stinkig wurde, fragend an. Dennoch wollte der ein letztes Mal sein Glück herausfordern.

»Sí, la última.«

In dem Moment sah Sam aus dem Augenwinkel einen Polizisten näher kommen. Ängstlich schaute er zu Demis. Der machte ihm jedoch ein Zeichen, es sei kein Problem. Die Polizisten kümmerten sich hier nicht um ein wenig Vergnügen auf den Straßen. Solange alles ruhig blieb, war es ihnen egal.

Sam konzentrierte sich wieder auf die Karten. Aber ab und zu sah er hoch, um zu wissen, wo der Polizist war. Nach diesem Spiel wollte er gehen. Seine Erfahrungen mit der Polizei von Barcelona waren bislang nicht allzu erbaulich gewesen.

Er beendete sein Herumgeschiebe und lud seinen Gegner mit einem Blick dazu ein, eine Karte zu wählen. Der begann plötzlich lauthals zu krakelen.

»Joder! Cambiazo! Policía! Policía!«

Sam erschrak und schaute auf den Tisch. Zu seiner Verblüffung sah er dort vier statt drei Karten liegen. Er hatte vergessen, die rote Dame verschwinden zu lassen!

Der Polizist hatte das Rufen bemerkt und lief auf die Menge zu. Bevor Sam klar war, was geschah, hatte Demis ihn beim Arm genommen und sie rannte durch den Park, als hinge ihr Leben davon ab – was ja vielleicht auch stimmte.

Der Polizist hatte die Verfolgung aufgenommen. Während er über sein Funkgerät versuchte, Verstärkung anzufordern, rannte er heftig keuchend hinter den beiden her.

Sam und Demis hatten allerdings schon einen gewaltigen Vorsprung. Demis zerrte an Sams Arm. Keiner von beiden wollte gefasst werden, dann wäre all ihre Mühe umsonst gewesen. Unwillkürlich schossen Sam die Worte »*Run, Forrest, run*!« durch den Kopf. Genau das musste er tun, einfach rennen und weiterrennen.

Als sie aus dem Park kamen, zeigte Demis auf einen U-Bahn-Eingang. Sam schaute sich kurz um, der Polizist war nirgends zu sehen. Andere Leute sahen ihnen zwar nach, hatten aber keine Lust, sich einzumischen. Sam folgte Demis zum Eingang.

Demis warf einen schnellen Blick auf das Streckennetz der U-Bahn und begleitete Sam zum richtigen Gleis. Die Bahn war noch nicht da und sie konnten kurz verschnaufen.

»Wenn du schon falsch spielst, mach es wenigstens richtig!«, keuchte Demis.

»Sorry«, entschuldigte sich Sam. »Wenn mich der Polizist nicht abgelenkt hätte, wäre alles kein Problem gewesen.«

Er beugte sich vor, um sein Herzklopfen zu mildern.

»Außerdem musste ich falsch spielen. Der Mann hatte mich jedes Mal durchschaut und hätte sonst mein ganzes Geld gewonnen.«

»Du hättest auch aufhören können, als du merktest, dass er besser war als du. Wahrscheinlich war das jemand, der das auch ab und zu macht.«

»Aber dann hätte ich jetzt viel weniger Geld.«

Die U-Bahn fuhr quietschend ein. Sam und Demis warteten ungeduldig, dass sich die Türen öffneten. Demis schloss ihre Diskussion ab.

»Gut, sei's drum. Wir haben das Geld und wir sind noch immer auf freiem Fuß. Also Ende gut, alles gut.«

Aber dass dies noch lange nicht das Ende war, wusste Demis genauso gut wie Sam. Sie waren gerade mal auf halbem Weg.

12

Vive la France!

Polizist Raul saß an seinem Computer in seinem Appartement. Das war eine richtige Junggesellenwohnung. Überall lag schmutzige Wäsche, das Geschirr von einer Woche stapelte sich und der Tisch quoll über von leeren Bierdosen.

Aber Raúl hatte ganz andere Sorgen. Gespannt starrte er auf den Monitor. Die Website von La Piedra Preciosa war auf den ersten Blick völlig normal. Das Unternehmen wurde kurz vorgestellt, die möglichen Versicherungen angegeben und man konnte Kontakt aufnehmen. Aber über die Legende von Don Carlos war kein Wort zu lesen.

Im Internet fand er schnell einige Links, die auf die Legende verwiesen. Er klickte willkürlich einen an. Ein langer Text erschien auf dem Bildschirm. Aufmerksam las Raúl über Don Carlos, seine Frau und ihren Sohn. Der Diamant, um den es ging, war bestimmt der Diamant, den Sam gestohlen hatte. Zumindest verdächtigten Delgado und Fino ihn des Raubes.

Raúl zog regelmäßig Sams säuberlich getippte Aussage hinzu. Raúl hatte sie kopiert und das Original wieder auf den Schreibtisch des Inspektors gelegt. Wenn sie das erfuhren, konnte er sich auf etwas gefasst machen.

Sam hatte erklärt, dass der Diamant La Piedra Preciosa gehörte. Seltsam, der Text, den er im Internet gefunden hatte, sagte nicht ganz das Gleiche. Log Sam oder hatte man ihn belogen?

Lautes Poltern weckte Sam aus dem Schlaf, in den er eine Stunde zuvor gesunken war. Mit halb geöffneten Augen suchte er nach der Lärmquelle. Ein junges Paar hatte den Waggon betreten und richtete sich Sam gegenüber ein. Der Mann versuchte, ihre schweren Rucksäcke auf die Gepäckablage zu wuchten. Sein erster Versuch misslang, wodurch das blau-schwarze Ungetüm auf dem Fuß seiner Freundin landete. Sie sagte nichts dazu, aber Sam konnte ihrem Blick entnehmen, dass ihm das besser nicht noch einmal passieren sollte. Der Freund nahm erneut den Rucksack, zielte auf die Ablage und legte ihn dort ab wie einen Basketball, als gehörte er zum amerikanischen Dream Team. Auch der zweite fand so einen Platz. Der junge Mann ließ sich zufrieden in den Sitz fallen.

Sam lehnte den Kopf ans Fenster und schloss erneut die Augen, doch er schlief nicht wieder ein. Jetzt, da er nichts mehr zu tun hatte, spukten ihm sofort allerlei Fragen durch den Kopf. Fragen über La Piedra Preciosa und La Justa Venganza. Die Leute von La Piedra

Preciosa waren doch die Wächter des Diamanten, warum mussten sie sich dann mit dunklen Geschäften abgeben? Fragen über Inspektor Delgado und seine Beziehungen. Delgado wusste mehr, als er Sam gegenüber hatte durchschimmern lassen. Fragen über Cristiano, vor dem er sich so blamiert hatte. Sam durfte gar nicht daran denken, wie er sich hatte bestehlen lassen.

Viel zu viele Fragen, auf die er keine Antworten geben konnte. Es war frustrierend. Er konnte nur versuchen, mehr über La Piedra Preciosa und La Justa Venganza zu erfahren. Und dann hoffen, dass er etwas entdeckte, das ihn weiterbrachte. Daphné würde ihm dabei helfen müssen.

Sam tastete in seiner Tasche nach seinem MP3-Spieler. Eigentlich hatte er jetzt Zeit, ihn auszuprobieren. Neugierig drückte er auf die verschiedenen Tasten und staunte über die technischen Tricks, die das Gerät draufhatte. Er musste bloß aufpassen, dass er die Aufmerksamkeit des Paares gegenüber nicht zu sehr auf sich lenkte.

Sam starrte zu seinen Mitreisenden. Eben hatten sie sich noch unterhalten, aber jetzt schwiegen sie. Der Junge sah sich gelangweilt um. Sein Blick fiel auf Sam, der ihm gegenüber mit einem MP3-Spieler hantierte.

»Wohin fährst du?«

Offensichtlich hatte er Sam zu seinem neuen Gesprächspartner auserkoren.

»Ich bin unterwegs nach Marseille.«

»Was hast du dort vor?«

»Ich besuche eine Freundin.«

»Wie lange bleibst du?«

»Weiß ich noch nicht, nicht so lange.«

»Bist du schon mal dort gewesen?«

Die Fragen folgten in Rekordgeschwindigkeit. Es schien, als hätte sein Gegenüber eine ganze Menge Standardfragen, die er abfeuern konnte, wenn er jemanden zum ersten Mal traf. Sam beschloss, die Interviewrollen umzudrehen, denn er hatte keine Lust, zu viel von sich zu erzählen.

»Nein, noch nie. Lohnt es sich?«

»Auf jeden Fall!«, antwortete der junge Mann. »Ich habe früher dort gewohnt. Aber meine Eltern sind nach Carcasonne umgezogen, als ich zehn war.«

Beim Gedanken an die Stadt seiner Kinderjahre lächelte der junge Mann, seine Freundin dagegen seufzte. Sie hatte diese Geschichten offenbar schon öfter gehört. Er beachtete sie nicht und erzählte weiter.

»Mein Cousin und ich haben damals eine ganze Menge Blödsinn getrieben. Mein Vater ist Australier, der ist gewöhnt, dass die Kinder viel auf der Straße herumhängen.«

Aha, ein australischer Vater. Das erklärte sofort sein fließendes Englisch.

»Meine Mutter hatte dagegen immer Angst, dass irgendwas passieren könnte. Und sie hatte recht, unsere Spielchen waren alles andere als ungefährlich. Einmal haben wir unseren eigenen Bobschlitten gebaut. Lebensgefährlich, das Ding. Eigentlich war es einfach ein Stück

Rutschbahn, das wir abgebrochen hatten. Damit wollten wir dann aus unserer Straße gleiten. Mann, was für ein Spaß. Aber leider kam es nicht dazu, denn mein Onkel hat uns mit Helmen auf dem Kopf losziehen sehen. Seltsamerweise vertraute er uns nicht.«

Sam lächelte. Der junge Mann ging völlig in seiner Geschichte auf und genoss jede Sekunde. Sam ließ ihn weitererzählen.

»Laurent heißt er, mein Cousin, meine ich. Ich habe ihn schon lange nicht mehr gesehen. Meine Mutter erzählte, er sei irgendwo Türsteher in Marseille. Wahrscheinlich bei so einer angesagten Disco, das wäre was für ihn. Ständig im Nachtleben. Ich heiße übrigens Alec.«

»Sam«, antwortete Sam auf den fragenden Blick seines Gegenübers.

»Hi, Sam«, sagte Alec. »Nett, dich kennenzulernen. Wenn ich dir zu viel rede, sag's nur. Das macht meine Freundin auch.«

Sam lachte und schüttelte den Kopf. »Nein, kein Problem. Erzähl mir mehr über Marseille.«

Der Rest der Fahrt verlief unterhaltsam. Sam lernte eine ganze Menge über Marseille und bis sie ankamen, konnte er sich durchaus ein Bild von der Stadt machen. Das wurde jedoch gleich zunichte gemacht, als der Zug in die südfranzösische Stadt einfuhr. Trotz Alecs wunderbaren Beschreibungen überkam Sam ein beklemmendes Gefühl. Die Stadt war grau, trüb und kühl. Sam war nicht begeistert, aber er wusste auch, dass die

Bedingungen für ihn ideal war. Er durfte nicht vergessen, dass er von der spanischen Polizei gesucht wurde. Je grauer und unauffälliger, desto besser.

Kurz darauf stand Sam auf dem Platz vor dem Bahnhof Saint-Charles. Eine fahle Sonne schien ihm ins Gesicht. Es wurde Abend. Von dieser Stelle aus hatte er einen guten Blick über die ganze Stadt. Von oben hatte Marseille etwas Friedliches. Aber er fragte sich, was ihn erwartete, sobald er die Stufen des Bahnhofs hinabgestiegen war.

Als er so allein dort stand, fragte er sich auch, was ihn bewogen hatte, hierher zu kommen. Wie sollte er Daphné in dieser Riesenstadt bloß wiederfinden? Im Zug hatte er versucht, einen Plan zu schmieden, aber viel war dabei nicht herausgekommen. Daphné würde vermutlich in einem Hotel übernachten, zumindest hoffte er das, denn sonst war es vollkommen aussichtslos.

Als er an einem Cybercafé vorbei kam, blieb er stehen. Bevor er Daphné suchte, musste er erst noch etwas anderes erledigen. Bei dem Mädchen hinter der Theke bezahlte er für eine halbe Stunde.

Sam setzte sich an einen Computer. Viel Privatsphäre gab es hier nicht, man konnte bequem beim Nachbarn mitschauen. Aber das fand er nicht schlimm, die würden sowieso nicht verstehen, was er machte.

Er suchte nach einer Site, auf der englische Tageszeitungen aufgelistet waren. Beim Buchstaben L stoppte er. Es gab verschiedene Zeitungen, die London im Namen hatten, aber Sam wusste, welche er brauchte: den London XS. Er suchte nach der Stelle, wo man eine Anzeige aufgeben konnte.

Sam stand auf und fragte das Mädchen, das sich gelangweilt die Nägel lackierte, nach einem Stift und einem Zettel. Sie freute sich über die Abwechslung und reichte ihm das Gewünschte. Sam setzte sich wieder hin und kritzelte ein paar Zahlen und Buchstaben auf den Zettel. Sein Nachbar machte ein blödes Gesicht, als er auf das merkwürdige Gekritzel starrte. Er versuchte, es zu lesen, musste aber schnell aufgeben.

Als Sam mit dem Notierten zufrieden war, tippte er alles sorgfältig ab. Er betrachtete das Ergebnis noch einmal und drückte auf »Versenden«. Und jetzt noch hoffen, dass sie es verstehen, dachte er.

Seine dreißig Minuten waren noch nicht um. Aber Sam hatte keine Lust, ziellos weiterzusurfen. Er schloss seine Programme und verließ das Internetcafé. Es war Zeit für den nächsten Schritt: Daphné.

Sein Plan war ebenso einfach wie schwierig: Er musste Einsicht in die Daten eines der Hotels bekommen. Oft führten die großen Hotelketten auch die Gästelisten anderer Filialen. So konnte er erfahren, wo Daphné wohnte. Das Problem war, dass niemand ihn so einfach in die Datenbestände würde schauen lassen. Hotelgäste legen Wert auf ihre Privatsphäre und Hotels respektieren das auch.

Sam kam bald zu einem großes Platz. Er schaute sich um und zählte drei Hotels, die ihm groß genug schienen. Auf gut Glück betrat er das Hotel, das ihm am nächsten lag. Es wirkte ziemlich dunkel. Sam drückte gegen die Tür, aber die schob sich keinen Millimeter auf, er hätte sich genauso gut gegen eine Wand lehnen können. Erst als er versuchte, hineinzuspähen, bemerkte er das Schild, das an der Tür hing. *Im Winter geschlossen* übersetzte Sam die französische Aufschrift. Verflixt! Welches Hotel schloss denn wohl in den Wintermonaten? Gab es da denn keine Touristen oder Geschäftsleute, die einen warmen Ort suchten?

Sam beschloss, sich nicht aufzuregen und versuchte es beim nächsten Hotel. Dort stand ein Portier an der Tür, es musste also geöffnet sein. Lässig ging Sam an ihm vorbei. Aber er kam nicht bis zur Tür.

»Eh ... Allo? Monsieur?«

Sam drehte sich um. Der muskulöse Mann, der ihn gerufen hatte, sah nicht aus, als hätte man ein leichtes Spiel mit ihm.

»Ja? Was kann ich für Sie tun?«, antwortete Sam, als käme er schon sein Leben lang in das Hotel.

»Sie könnten mir beispielsweise sagen, was Sie hier zu suchen haben«, sagte der Mann ruhig und höflich. Er hatte nicht vor, für diesen Jungen, der offensichtlich aus dem Ausland kam, viel Energie zu vergeuden.

»Ich will meinen Onkel besuchen«, sagte Sam ohne Zögern und ohne rot zu werden.

»Und wie heißt dieser Onkel?«

»Philip Collins.« Das war der erste Name, der ihm einfiel.

»Guter Versuch, Junge«. Der Portier lächelte. »Aber leider haben wir gerade keine englischen Gäste, und schon gar keinen mit dem Namen Philip Collins. Ich werde dich daher bitten müssen, diesen Ort zu verlassen.«

Sam wusste, dass er gehorchen musste, gegen einen solchen Koloss hatte er keine Chance. Als er an dem Mann vorbeiging, fiel sein Blick unwillkürlich auf dessen Namenskärtchen. Plötzlich bekam Sam eine Idee.

»Philip Collins ist ein sehr guter Freund von Alec.«

Der Portier hob den Kopf. Sam hatte seine Aufmerksamkeit.

»Und Alec lässt grüßen.«

Die Augen von Sams Gegenüber verengten sich. Sicherheitshalber schaute er noch einmal auf das Namenskärtchen. *Laurent.* Er konnte es einfach probieren.

»Er fragt sich, wann ihr wohl noch einmal gemeinsam einen Bobschlitten baut.«

Ein breites Lächeln überstrahlte Laurents Gesicht .

»Du kennst Alec?«

»Er ist ein guter Freund von mir«, sagte Sam. Das stimmte nicht, aber er fand, er hatte einen guten Grund zum Lügen.

Laurent schlug Sam fest auf die Schulter. Wenn das ein freundschaftlicher Klaps war, wollte Sam nicht wissen, wie der Mann seine Feinde behandelte.

»Teufel aber auch«, murmelte Laurent. »Alec. Das ist lange her, als wir noch zusammen spielten.«

Sam war nun sicher, dass Laurent und Alec miteinander verwandt waren, denn sie starrten auf dieselbe Weise vor sich hin, wenn sie an ihre Jugend dachten. Es mussten schöne Zeiten gewesen sein. Laurent fuhr fort.

»Bestell ihm jedenfalls tausend Grüße von mir, wenn du ihn noch einmal siehst. Und sag ihm, er soll mich mal besuchen, wenn er in der Stadt ist. Aber was willst du eigentlich wirklich hier?«

Sam beschloss, die Wahrheit zu sagen. Oder doch so weit wie möglich.

»Ich suche eine Freundin. Aber ich weiß nur, dass sie in einem Hotel in Marseille ist.«

»Also in diesem hier?«

Sam wollte nur hinein. Eine Notlüge konnte also auch noch dazu. Und er hatte keine Zeit, Laurent alles zu erklären.

»Ja.«

Laurent schaute ihn einen Moment an. Er misstraute der Geschichte, aber die Tatsache, dass dieser seltsame Junge und sein Cousin sich kannten, gab den Ausschlag.

»Na, warum hast du das nicht gleich gesagt? Geh und such sie!«

Laurent hielt ihm die Tür auf und Sam schlüpfte schnell hindurch. Die Hotelhalle war verwaist bis auf eine Person. Hinter der Rezeption stand ein Mann und starrte gelangweilt vor sich hin. Er war nicht glücklich, dass so wenig los war. Zum Glück interessierte er sich sehr für die vielen Spiegel in der Halle, sodass er Sam nicht hatte hereinkommen sehen. Während der Empfangschef verschiedene Positionen vor dem Spiegel ausprobierte, verbarg sich Sam hinter einer der großen Pflanzen in der Lobby. Der Mann sollte ihn lieber nicht sehen. Sam ging davon aus, dass er ihm nicht einfach so alle Daten geben würde, also musste er sich etwas ausdenken.

Einige Meter entfernt sah Sam einen Lichtschalter. Geräuschlos schlich er darauf zu. Einen Augenblick fühlte er sich wie ein Tiger, der sich aus dem Grünen an seine Beute heranschleicht.

Sam drückte auf den Schalter und das Licht in der Halle erlosch. Dank des hereinfallenden Tageslichts war es drinnen nicht ganz dunkel und Sam sah, wie sich der Empfangschef erstaunt umsah. Sam schaltete das Licht wieder ein und der Mann schaute zur Decke, in der Hoffnung, dort eine Ursache für die Probleme zu finden. Er fand keine.

Geduldig wartete Sam, bis sich der Mann wieder an die Arbeit machte – oder zumindest etwas, das so aussah wie Arbeit. Er löschte zum zweiten Mal das Licht. Der Mann an der Rezeption stieß einen Schrei aus. Sofort machte Sam das Licht wieder an. Der Mann hatte die Arme in die Seiten gestützt und schaute sich um. Ein paar Jahrhunderte früher hätte er vermutlich geglaubt, da wäre Hexerei im Spiel. Jetzt gab er einfach einem Fehler in der Elektrik die Schuld und ging zum Stromkasten hinter seinem Tresen. Aber zu seinem großen Erstaunen war keine einzige Sicherung herausgesprungen.

Sam wiederholte das Spielchen noch drei Mal und sah, wie der Empfangschef immer nervöser wurde. Als das Licht der Halle zum zigsten Mal erlosch, ging er zu einem Raum hinter der Rezeption. Sam kam aus seinem Versteck und lief auf Zehenspitzen zum Tresen. Er spähte darüber. Der Mann stand mit dem Rücken zur Halle in einer Ecke. Er hatte den Telefonhörer in der Hand und suchte nach einer Nummer.

Jetzt hieß es schnell sein. Sam betrat die Rezeption durch eine Klapptür und nahm die PC-Maus. Zum Glück hatte er in der Schule auch ein wenig Französisch gelernt. Er fand die Gästeliste und der Suchauftrag *Wickman* ergab zwei Treffer. Sam war nicht im geringsten an einem Herrn Joe Wickman interessiert, aber umso mehr an dem anderen Namen: D. Wickman. Das musste Daphné sein.

Während er an dem PC arbeitete, hörte Sam den Empfangschef hinter sich wütend in den Hörer brüllen.

»Nein, ich habe nicht aus Versehen auf den Schalter gedrückt. Und selbst wenn ich das getan hätte, dann doch sicherlich nicht fünf Mal! ... Ja ... Was sagen

Sie? ... Ja, das Licht funktioniert jetzt ... Wo dann das Problem liegt? Dass es hier ständig ausfällt! ... Ob das stört? Also hören Sie, soll ich vielleicht einmal zu Ihnen ins Büro kommen und alle dreißig Sekunden das Licht ausmachen? Würde Ihnen das gefallen? ...«

Sam nahm einen Stift und notierte schnell Namen und Adresse des Hotels auf einem Zettel. Er hatte, was er brauchte, jetzt musste er sich schleunigst davonmachen. Das Telefongespräch hinter ihm war noch nicht beendet. Der Gesprächspartner des Empfangschefs hatte offensichtlich nicht vor, sich so behandeln zu lassen.

»Oh! Wie nennen Sie mich? ... Sind Sie immer so höflich zu Ihren Kunden? ... Wissen Sie, wenn Sie nicht dafür sorgen, dass innerhalb von zehn Minuten jemand kommt und dieses Problem löst, dann haben Sie einen großen Kunden verloren! ... Was? ... Natürlich war das eine Drohung! Hören Sie mir denn gar nicht zu? ...«

Sam wurde klar, dass er noch ein wenig Zeit hatte, aber er beschloss, das Hotel doch möglichst schnell zu verlassen. Draußen sprach Laurent ihn an.

»Wo ist deine Freundin? Hast du sie gesehen?«

»Nein«, antwortete Sam, »sie ist anscheinend doch in einem anderen Hotel.«

Er zeigte Laurent den Zettel.

»Das kenne ich, da steht ein Freund von mir vor der Tür. Aber der wird dich nicht so leicht reinlassen, fürchte ich. Es sei denn ...«

Sam sah ihn fragend an, aber Laurent sagte nichts mehr und zog ein Handy aus der Tasche. Er tippte, wählte und hielt es sich ans Ohr.

»Hallo, Mathieu, hier ist Laurent... Ja, alles in Ordnung bei mir. Aber weswegen ich anrufe – hier bei mir steht ein Junge, der seine Freundin sucht. Sie soll bei dir im Hotel sein ...«

Laurent begann immer schneller und seltsamer zu reden. Er sprach nun Dialekt und Sam konnte dem Gespräch nicht mehr gut folgen. Nach einigen Minuten beendete Laurent den Anruf.

»Mach dir keine Sorgen. Das hätten wir geregelt.«

13

Spy School

Der Tag plätscherte so vor sich hin und Portman plätscherte friedlich mit. Dass unterdessen einer der Schüler seiner Schule von der spanischen Polizei gesucht wurde, wusste er nicht. Noch nicht.

Portmans Lieblingstageszeit war die Mittagspause. Dann konnte er ungestört Zeitung lesen. Eigentlich konnte er den ganzen Tag über Zeitung lesen – was er auch tat –, aber während der Mittagspause war es anders. Dann konnte er etwas dazu essen und Zeitunglesen macht erst dann richtig Spaß, wenn man zugleich etwas isst. Umgekehrt schmeckt das Essen erst richtig gut, wenn man dazu Zeitung liest. Jedenfalls dachte Portman das.

An diesem Tag bedauerte er es jedoch, dass er beim Zeitunglesen immer etwas aß, als er auf Seite zwanzig die Kleinanzeigen in der *London XS* durchging. Der Salat, den er gerade verspeist hatte, blieb ihm im Hals stecken. Nur wenige wussten, dass Portman ein leidenschaftlicher Dechiffrierer und Kreuzworträtsler war. Gab man ihm eine Zahl, suchte er garantiert einen Code darin. Bis zum heutigen Tag hatte er jedoch noch nie einen echten Code entdeckt. Hustend schaute er noch einmal auf die Anzeige, die seine Aufmerksamkeit erregt hatte. Das konnte kein Zufall sein:

Ich suche DRINGEND einen
Portman-Summerscreen.
Merkmale:

Pixel:	41-9/2028049798328413=253<:28
Speicher:	41×4::042×9-6-243×45528
Internet:	042!<:4724-426542:39:51
Kontakt:	41-9/2042-4:*2@<809!-82
Preis:	597

Portman hatte mehrere Gründen gehabt, sich zu verschlucken. Erstens: Einen Portman-Summerscreen gab es seines Wissens nicht. Zweitens: Es war schon sehr seltsam, dass sein Name neben dem eines anderen Mitglieds der Schule, Summers, in der Anzeige auftauchte. Drittens: Portman wusste nicht viel über Computer, aber sehr wohl, dass die Ziffern und Zeichen, die dort standen, reichlich seltsam waren und mit Sicherheit nicht zu irgendeinem Monitor passten. Und viertens: Eher würde er Vegetarier werden, als zu glauben, dass der Kontakt eine echte E-Mail-Adresse war. Hier stimmte etwas nicht, aber was?

Nachdem er lange auf die Zahlen gestarrt hatte – jemand, der ihn so gesehen hätte, würde es nicht einmal für so ungewöhnlich gehalten haben –, kam ihm eine Idee. Er nahm einen Stift und schrieb etwas auf eine Zeitschrift. Ab und zu tippte er etwas in seinen

Computer. Nach einer Weile hörte er auf und betrachtete das Ergebnis. Seine Augen wurden so groß wie Tennisbälle.

Portman riss das Stück Zeitschrift ab, auf das er geschrieben hatte und nahm auch die Zeitung mit. Schnell biss er noch einmal in seinen mittlerweile kalt gewordenen Hamburger und eilte zum Aufzug. Im vierten Stock ging er energisch auf das Büro von Herrn Summer zu, öffnete die Tür, ohne anzuklopfen und kam keuchend vor Summers Schreibtisch zum Stehen.

»Nun, Herr Portman?«, fragte der, »seit wann sind Sie Direktor der Schule, dass Sie hier einfach so hereinplatzen können?«

»Bitte entschuldigen Sie, Herr Summer«, antwortete Portman, »aber es drängt sich eine Situation auf, bei der sogar Anklopfen einen Zeitverlust bedeuten würde.«

Daphné ließ die Landschaften an ihren Augen vorbeiflitzen. Es war schwierig, sich klarzumachen, dass sie im Zug saß. Vor ein paar Stunden hatte sie noch in ihrem Hotelzimmer ein Nickerchen gehalten. Das alles schien nun weit weg. Denn kurz darauf war Sam in ihr Zimmer gestürmt. Er hatte ihr eine wilde Geschichte über einen Diamanten, Pieto Prisco oder so ähnlich und einen gewissen Delgado aufgetischt. Das Einzige, was klar gewesen war, war dass Sam Probleme hatte, und dass sie ihrem Freund helfen würde. Daphne hatte hastig ihre Sachen gepackt, inklusive der Hotellaken und -decken, und ihrer Betreuerin Frau Chardonnay einen Zettel hinterlassen.

Machen Sie sich keine Sorgen, ich komme bald zurück. Daphné.

Daphné schaute zu Sam und sah, dass er wach wurde. Er war kurz nach der Abfahrt des Zuges eingeschlafen.

»Jetzt erzähl mir doch bitte noch mal in Ruhe, was eigentlich los ist«, sagte sie.

Es dauerte eine Weile, bevor der erschöpfte Portman wieder zu Atem gekommen war. Die Sekunden, die er durch das Nicht-Anklopfen gewonnen hatte, waren schon wieder verloren. Summer schaute erstaunt zu dem Portier. Der sonst so behäbige und gelassene Mann war plötzlich völlig aus dem Häuschen. Er war neugierig, was er zu berichten hatte.

»I...i...ich habe Z...Z...Zeitung gelesen«, stammelte Portman.

Portman fand langsam seine Worte wieder.

»Und plötzlich las ich diesen Bericht.«

Er blätterte auf Seite zwanzig der Zeitung, die Seite mit dem seltsamen Gesuch. Summer las es und runzelte die Stirn.

»Das ist tatsächlich eine merkwürdige Anzeige, Portman. Offenbar sucht jemand einen Bildschirm, der unsere Namen trägt. Aber müssen Sie sich darüber so aufregen?«

Er hätte es wissen können! Portman störte ihn, weil er in der Zeitung zufällig auf seinen Namen gestoßen war.

Summer fragte sich, ob es wirklich so gesund war, ganze Tage in diesem kleinen Kabuff neben der Tür zu verbringen. Portman wirkte wie ein ausgerasteter Bison, so wie er jetzt dort stand und keuchte.

»Entschuldigen Sie, Herr Summer«, sagte Portman, »aber dieser Bericht ist noch spezieller, als Sie vielleicht denken. Auf den ersten Blick sieht er aus wie eine Anzeige ...«

»Aber das ist er nicht?«, unterbrach ihn Herr Summer.

»Korrekt, das ist er tatsächlich nicht.«

Portman legte das Stück Zeitschrift, das er vollgekritzelt hatte, neben die Zeitung.

»Der Verfasser dieser Anzeige will überhaupt keinen Bildschirm kaufen. Nein, er will damit jemanden warnen. Und dieser jemand, das sind wir, Herr Summer.«

Summer sah Portman verständnislos an. Der Portier fuhr fort. »Der Portman-Summerscreen soll einfach nur Aufmerksamkeit erregen und angeben, für wen die Nachricht gedacht ist. Der Verfasser weiß, dass ich die *London XS* jeden Tag lese. Er ging davon aus, dass ich die Anzeige sehe und sie der Person weiterreiche, für die sie bestimmt ist. Und diese Person sind Sie, Herr Summer.«

Summer nickte jetzt. »Portman-Summerscreen. Von Portman zu Summer.«

Aber ganz klar war es ihm noch nicht.

»Aber welche Nachricht soll ich denn bekommen? Und von wem? Alles, was ich dort geschrieben steht, ist eine Handvoll Nonsense-Ziffern.«

»Moment, das wollte ich Ihnen ja gerade erzählen. Als mir bewusst wurde, dass mehr hinter der Anzeige steckt, ging ich davon aus, dass es sich um einen Code handeln muss.«

»Ein Code?«, fragte Summer.

»Ja, ein Zifferncode.«

»Und Sie haben ihn entziffert?«

Aus Summers Stimme klang Unglauben. Aber er musste zugeben, dass Portman bis hierher sehr intelligent argumentiert hatte.

Portman nickte.

»Nun, dann lassen Sie mal hören, was Sie herausgefunden haben.«

»Wie Sie gesehen haben, stehen alle Ziffern hintereinander, ohne Zwischenraum. Das machte es gleich schon ein wenig schwieriger, denn so wusste ich nicht, wo ein Wort beginnt und endet. Ich bin aber davon ausgegangen, dass jede Zeile einen Satz darstellt. Um irgendwie anzufangen, habe ich eine Liste aufgestellt, die verdeutlicht, wie oft ein Zeichen vorkommt. Die sah dann so aus:

2, 4	✳	16 Mal
8, 9	✳	7 Mal
0	✳	6 Mal
:	✳	4 Mal
1, 3, 5	✳	5 Mal
., <	✳	3 Mal
/, 6	✳	2 Mal
7, *, =, @	✳	1 Mal

»Es ist bekannt, dass *e* und *i* zu den häufigsten Buchstaben in unserem Alphabet zählen«, fuhr Portman fort, nachdem er Summer die Liste gezeigt hatte. Der nickte zustimmend.

»Da 2 und 4 gleich oft vorkommen, musste ich mich entscheiden. Ich nahm also einfach mal an, dass die Zahl 2 den Buchstaben *e* darstellte. Auch bestimmte und unbestimmte Artikel kommen in unserer Sprache oft vor. Also zum Beispiel *die, der, ein*. All diese Artikel enthalten ein *e*, also habe ich nachgesehen, ob bestimmte Kombinationen rund um das *e* häufig vorkamen. Ich beschloss, davon auszugehen, dass 042 das Wort *die* ist und die 0 demnach für ein *d* steht.

Portman holte Luft. Wenn man selbst etwas versteht, heißt das noch lange nicht, dass man es auch anderen verständlich erklären kann. Aber Summer war nicht umsonst einer der besten Geheimagenten des Landes. Es gab kaum etwas, was er nicht verstand, außer vielleicht Frauen und gedankenlose Kritzeleien. Er gab Portman ein Zeichen, er möge fortfahren.

»So hatte ich nicht nur zwei Buchstaben, sondern auch schon eine Menge Wörter, wenn die Zahl 4 tatsächlich ein *i* darstellt. Trotzdem war es noch ein weiter Weg. Als Nächstes habe ich mich darauf konzentriert, von wem die Nachricht kam. Ich vermutete, dass die untersten drei Ziffern ein Name war. Durch eine Menge Denkarbeit und Spurensuche mit dem Computer kam ich dahinter, dass die Nachricht von niemand geringerem als einem Schüler aus der B-Klasse stammt: Sam Smith.«

»Die Nachricht stammt von Sam Smith?«, fragte Summer. Er starrte kurz vor sich hin. Das erklärte schon einmal ein paar Sonderbarkeiten der letzten Tage. Vor zwei Tagen hatte er eine seltsame Mail von Sam erhalten, in der dieser bekannte, einen Diamanten gestohlen zu haben. Summer hatte es erst für einen Scherz gehalten. Ein Scherz, über den er wirklich nicht lachen konnte. Schüler, die den Notfall-Laptop missbrauchten, konnten in der Schule nicht auf Verständnis zählen. Allerdings steckte die Mail voller Schreibfehler, und das war er von Sam gar nicht gewohnt. Aber als nach dieser Mail keine mehr kam, hatte Summer beschlossen, die Sache ruhen zu lassen und Sam später darauf anzusprechen. Portman fuhr derweil mit seiner Erklärung fort.

»Ein Schüler der *Spy School*, der versucht, über eine Kleinanzeige Kontakt mit uns aufzunehmen. Ich hätte beide Eltern darauf verwettet, dass da was nicht stimmte. Dank Sams Namen hatte ich drei weitere Buchstaben entziffert: *5* = *s*, *9* = *a* und *7* = *m*. Mir fiel auf, dass drei Sätze mit dem Code *41* begannen. Nach einiger Denkarbeit kam ich auf die Idee, dass sie für das Wort *ich* standen. Außerdem bekam ich dann in Zeile eins die Konstruktion *diama*. Ein wenig logisches Denken erklärt, dass hier *Diamant* stehen muss, wodurch wir wieder ein paar zusätzliche Zeichen entziffert haben.«

Also war doch etwas mit einem Diamanten, dachte Summer. Ihn beschlich das Gefühl, dass Portman in die richtige Richtung dachte. Der trippelte ungeduldig, weil er seinem Werk die Krone aufsetzen wollte.

»Der Anfang des ersten Satzes konnte nun eigentlich nur lauten ›ich habe‹ und das Ende ›gestohlen‹. Und das letzte Wort der zweiten Zeile lautete nach meiner Schlussfolgerung ›issen‹, vermutlich also ›wissen‹, damit hatte ich das W. Bis hierher hatte ich also gesammelt:

2 steht für e
0 steht für d
5 steht für s
9 steht für a
7 steht für m
4 steht für i

1 steht für ch
8 steht für n
3 steht für t
. steht für w
- steht für h
/ steht für b

= steht für g
< steht für o
: steht für l

Und mit ein bisschen Getüftel hatte ich bald folgende Nachricht:

Ich habe den Diamanten nicht gestohlen.
Ich will die Wah-heit wissen.
Die _oli_ei hie_ s_ielt _alsch,
Ich habe die Hil_e _on Da-hne.
Sam.

Herauszufinden, dass er glaubt, die Polizei spiele falsch und er nur Unterstützung von Daphné hat, war dann ein Kinderspiel.«

Summer sah sich Portmans Notizen an und kratzte sich am Kopf. Was da genau passiert war, wusste er nicht. Aber es war klar, dass es einem Schüler seiner Schule gelungen war, sich während eines simplen Praktikums ganz schön in die Nesseln zu setzen.

14

Fakten, Fakten, Fakten

Als der Zug in Barcelona einlief, quietschte er so laut, als würde er über Mäuse fahren. Sam und Daphné nahmen das Gepäck und stiegen aus.

»Und was jetzt?«, fragte Daphné.

Sam schaute zu der Uhr, die über ihren Köpfen hing. 10 Uhr.

»Jetzt warten wir«, antwortete er.

Er hatte mit Demis vereinbart, dass dieser ab zwölf Uhr mittags alle zwei Stunden auf dem Bahnhof nachschauen sollte. Sie gingen in die Halle und machten es sich auf einer Bank bequem.

»Hände hoch!«

Daphné erschrak beinahe zu Tode und hatte die Hände schon fast in der Luft, als sie Sam lachen sah.

»Demis!«

Sam sprang auf und umarmte seinen Freund. Daphné drehte sich um und wurde ein wenig rot wegen ihrer Reaktion von eben. Sie nahm es ihm aber nicht übel und streckte sofort ihre Hand aus.

»Herr Lagos, nehme ich an?«, sagte sie höflich. Als wäre sie eine Bankdirektorin, die einen Kunden empfing.

»Zu Ihren Diensten«, antwortete Demis mit einem Lächeln. Er nahm Daphnés Hand. »Und darf ich annehmen, dass du Daphné bist?«

»Darauf kannst du Gift nehmen!«, antwortete Sam an ihrer Stelle. »Jemand anderes hätte ich nicht geholt!«

»Das glaube ich gern, Sam. Aber genug geplaudert. Ich schätze mal, wir haben noch eine Menge zu tun, oder?«

Sam nickte. Er vergaß keinen Moment, dass er von der spanischen Polizei gesucht wurde. Er würde ständig aufpassen müssen und es kam darauf an, so schnell wie möglich seine Unschuld zu beweisen.

»Als Erstes müssen wir mehr über die Legende von Don Carlos in Erfahrung bringen. Ich denke, die kann uns weiterhelfen.«

»Und wie willst du das machen?«, fragte Daphné.

Sam sah zu Demis. Der kannte Barcelona schließlich viel besser als er. »Ich glaube, da gibt es nur zwei Methoden«, sagte Demis. »Wir können es in der Bibliothek oder im Internet versuchen.«

»Dann müsstest du in der Bibliothek suchen, Demis«, sagte Daphné. »Wir sprechen ja kein Spanisch. Und ich schätze, die meisten Bücher über die Legende sind auf Spanisch.«

Daphné hatte recht. Ohne weitere Diskussion waren die Rollen verteilt und sie beschlossen, sofort loszulegen. Demis ging voran. Sie nahmen die U-Bahn und stiegen an der Plaza San Miguel aus. Demis brachte sie zum nächstgelegenen Internetcafé. Wenn er seine Aufgabe in der Bibliothek erledigt hatte, würde er sie wieder abholen. Demis winkte ihnen noch einmal zu und entschwand.

Sam hatte zum Glück noch ein wenig Geld von seiner Kartentricknummer im Güell-Park. Er bezahlte und eilte zu Daphné, die schon einen Computer ausgewählt hatte.

»Sofía!«

Die Polizistin drehte sich um. Raúl kam auf sie zu.

»Sofía, kann ich dich kurz sprechen?«

Sie sah auf die Uhr. Eigentlich wollte sie nach Hause, ihr Dienst war beendet und sie hatte Hunger. Aber für den gut aussehenden Kollegen würde sie sich gern kurz Zeit nehmen.

»Klar. Worum geht's denn?«

»Erinnerst du dich noch an den Jungen, den wir vor ein paar Tagen aufgegriffen haben?«

Sie nickte. Natürlich wusste sie das noch. Es kam nicht jeden Tag vor, dass sie kleine Jungen verhaften mussten.

»Dieser Junge hatte doch von einem Praktikumbegleiter gesprochen, oder?«

Sie nickte noch einmal. Sie konnte sich auch an so etwas erinnern.

»Hat er auch einen Namen genannt?«

Sofía dachte nach. Er hatte sehr viel erzählt und sie hatte kaum etwas davon geglaubt. Aber so weit sie wusste, hatte er keine Namen genannt.

»Nein, tut mir leid, er sagte nur etwas über *La Justa Venganza*, oder so was.«

»Schade«, sagte Raul. »Aber nichts zu machen. Schönen Feierabend!«

So plötzlich wie er auf sie zugerannt war, verschwand er wieder. Sofía sah ihm hinterher, schüttelte dann den Kopf und verließ das Polizeigebäude.

Raúl ging sofort zu seinem Büro und setzte sich wieder an den PC. Er schloss das Dokument, das den Schein aufrechterhalten sollte, er bearbeite eine Anzeige. Er betrachtete die Kopie mit der Handschrift von Delgado. Auf dem Blatt standen einige Namen. Mit vier Fingern tippte er den Namen ein, der sein Interesse geweckt hatte.

Sofía hatte es nicht bestätigen können, aber er hatte die starke Vermutung, dass dieser *Blanco* Sams Praktikumbegleiter gewesen war.

Im selben Moment und gar nicht so weit von Raúl entfernt, gab Sam *Carlos* in den Computer im Internetcafé ein. 82 000 Treffer. Das war aussichtslos.

Sam versuchte es erneut. Diesmal mit zwei Wörtern: *Carlos* und *Legende*. 5450 Ergebnisse. Dann eben *Don Carlos Legende*. Noch immer 2780. Pff, das wurde schwieriger als gedacht.

»Nimm auch noch *Diamant* dazu«, schlug Daphné vor. Sam tat es und drückte auf Return. Noch 57 Treffer. Jetzt konnten sie mit der Suche beginnen.

Er klickte die erste Site an, die angegeben war. Eine Übersicht der Fernsehserie *Miami Vice* erschien auf dem Monitor. In der Folge vom 25. September 1987 sollte jemand von der Mafia versuchen, einen wichtigen Zeugen zu ermorden. Die Site musste ganz offensichtlich gründlich erneuert werden.

Bei der nächsten hatten sie mehr Erfolg. Vor farbenprächtigem Bildschirmhintergrund wurde die kurze Lebensgeschichte des Don Carlos wiedergegeben.

»Wonach genau müssen wir suchen?«, fragte Daphné.

»Keine Ahnung«, antwortete Sam. »Wir brauchen so viele Informationen, wie wir bekommen können. Ich will wissen, wie *La Piedra Preciosa* und *La Justa Venganza* zusammenhängen.«

Sam und Daphné lasen den Text auf dem Monitor. Sehr viel stand da nicht. Sie konzentrierten sich auf die wichtigsten Ereignisse. Die ersten Daten, die über Don Carlos bekannt waren, stammten aus dem Jahr 1503. In diesem Jahr heiratete er. Vier Jahre später wurde sein Sohn Federico geboren. Schon gleich bei der Geburt fiel er durch seine pechschwarzen Haare auf.

Sehr ungewöhnlich für ein Baby. 1512 starb Don Carlos, wahrscheinlich durch eine Lebensmittelvergiftung. Sein Sohn musste seine Nachfolge antreten.

»Damit können wir nicht viel anfangen«, sagte Daphné, als sie alles notiert hatte. »Guck mal nach, was du über diese Agrippina findest.«

Sam tippte es ein. 59 500 Möglichkeiten erschienen auf dem Bildschirm. Weniger als bei Don Carlos, aber doch noch zu viel. Offenbar hatte eine gewisse Agrippina auch etwas mit dem römischen Kaiser Nero zu tun gehabt. Sam versuchte es mit *Anna Catía de Agrippina*. Noch dreizehn, das war besser. Sam klickte die erste Site an und bekam eine Übersicht über das Leben von Anna Catía.

»Schau mal!« Sam stieß Daphné an, die ihre Notizen studierte. »Anna Catía war schon einmal verheiratet!«

Daphné schaute auf. »Mit wem?«

»Mit einem Deutschen, einem gewissen Wim Fuchs. Ein reicher Bierhändler, der schon viele Jahre in Spanien wohnte.«

»Und wann war das?«

»1504, steht hier. Das war offenbar eine sehr kurze Ehe, denn ihr Mann starb schon nach einem Jahr.«

»Und wie?«, fragte Daphné.

»An den Folgen einer Lebensmittelvergiftung.«

Sam schwieg. Daphné notierte alles, was sie entdeckt hatten. Als sie fertig war, betrachtete sie die Jahreszahlen.

»So wie es hier steht, hat Anna Catía erst 1504 Wim Fuchs geheiratet. Aber Don Carlos hat seine Frau schon 1503 geheiratet. Also ist Anna Catía entweder mit zwei Männern gleichzeitig verheiratet gewesen, oder …«

»… Don Carlos hat 1503 eine andere Frau geheiratet«, beendete Sam ihren Satz. »Aber wer war das denn? Und warum haben wir davon noch nichts gehört?«

»Vielleicht ist über sie nicht viel bekannt«, meinte Daphné. »Vielleicht hat Demis etwas dazu gefunden. Lass uns erst weitersuchen und später nachdenken.«

»Gut«, sagte Sam. »Schauen wir mal, ob wir über El Yonaz etwas finden können.«

Sie wurden schnell fündig. El Yonaz war ein berüchtigter Meistereinbrecher gewesen. Er war als kleiner Junge 1512 als Findelkind zu einer Diebesbande gelangt. Die nahm ihn auf und zog ihn groß. Als logische Folge wurde auch El Yonaz ein Dieb. Wieder und wieder besuchte er ungebeten Federicos Wohnung, nahm aber nie etwas mit. In anderen Wohnungen machte er das schon. El Yonaz brach regelmäßig bei den Reichen in seiner Gegend ein und machte sich mit teuren Sachen davon. Niemand hatte ihn je fangen können.

Sam und Daphné suchten noch eine Weile weiter. Ab und zu fanden sie noch Informationen, die Daphné sorgfältig notierte. Viel war es jedoch nicht, hoffentlich hatte Demis mehr Glück gehabt.

Als sie fertig waren, gingen sie raus und warteten vor dem Internetcafé auf Demis. Sie schauten sich die Liste an, die Daphné erstellt hatte.

1503: Don Carlos heiratet seine erste Frau
1504: Anna Catia de Agrippina heiratet Wim Fuchs
1505: Wim Fuchs stirbt (Lebensmittelvergiftung)
1507: Geburt von Federico (pechschwarze Haare)
1512: Don Carlos stirbt (Lebensmittelvergiftung)
1512: El Yonaz gelangt als Findelkind zur Diebesbande

»Es ist schon verdächtig, dass beide Männer Anna Catías an einer Lebensmittelvergiftung sterben«, sagte Daphné.

»Frau Nina sagte auch, dass man Anna Catía verdächtigte, am Tod ihres Mannes beteiligt zu sein«, sagte Sam. »Vielleicht hat sie auch ihren ersten Mann ermordet?«

»Gut möglich«, meinte Daphné. »Schließlich war er ein reicher Händler. Anna Catía wird vermutlich all sein Geld geerbt haben.«

Sam nickte. »Und schau mal: El Yonaz wird im selben Jahr als Findelkind ausgesetzt, in dem Don Carlos stirbt. Zufall, oder ...?«

Daphné zuckte die Schultern. »Mich würde es nicht wundern, wenn das eine mit dem anderen zu tun hätte. Meiner Ansicht nach spielte diese Anna Catía falsch!«

Sam trat gegen ein paar Steinchen und versuchte, sich Anna Catía vorzustellen. In seinen Gedanken sah sie aus wie *Cruella de Vil*, die böse Frau aus *Hundertundein Dalmatiner*. Wie hatte Don Carlos sie nur heiraten können? Obwohl – waren die beiden denn wirklich je verheiratet? Er wiederholte die Frage laut.

»Davon wurde im Internet nichts gesagt«, antwortete Daphné. »Vielleicht ja wirklich nicht. Vielleicht hat sie ihn deswegen ermordet. Weil er sie nicht heiraten wollte und sie daher kein Recht auf sein Geld hatte.«

Irgendwas stimmte nicht. »Aber sie hatten doch einen gemeinsamen Sohn?«, warf Sam ein. »Dann hatte sie doch ein Anrecht auf ein Erbe!«

Sie warteten schweigend auf Demis. Aber sie hätten genauso gut auf den Weihnachtsmann warten können. Der wäre vermutlich schneller gewesen!

Es begann schon zu dämmern, als sie den Griechen in der Ferne entdeckten. Sie liefen ihm entgegen.

»Uff, ich hätte nicht gedacht, dass Suchen so viel Zeit kostet!«, seufzte Demis. »So viel Arbeit und so wenig gefunden. Hoffentlich habt ihr mehr vorzuweisen.«

Demis sah Sams und Daphnés betretene Gesichter und versuchte, die Stimmung zu retten.

»Aber ich bin sicher, wenn wir alles zusammenwerfen, haben wir eine ganze Menge!«

Demis Worte brachten Sam und Daphné nicht sofort zum Strahlen.

»Habt ihr überhaupt schon etwas gegessen?«

Zweifaches Kopfschütteln war die Antwort.

»Dann schlage ich vor, dass wir jetzt eine Kleinigkeit essen gehen und uns mal in Ruhe anschauen, was wir gefunden haben.«

Sams Magen hielt das für die beste Idee seit der Erfindung der Pizza.

15

Dunkle Gassen

Cristiano spazierte gut gelaunt zu seiner Verabredung. In Gedanken beschäftigte er sich schon mit der schönen Villa, die er kaufen wollte und dem dazugehörigen Riesenpool, dem entsprechenden Garten und den schnellen Wagen in der Einfahrt. Drinnen würde er ein Zimmer als Kinosaal einrichten lassen, eins als Fitnessraum und eins zum Chillen. Dort sollten ein Tischfußballspiel und ein großer Billardtisch stehen. So einer, wie ihn sein Großvater hatte.

Er sah seinen Großvater nicht mehr so häufig. Früher besuchten sie ihn regelmäßig in Italien, aber das letzte Mal war schon lange her. Cristianos Vater war Italiener, der sich vor langer Zeit in eine schöne Spanierin verliebt hatte.

Eine feste Anstellung hatte Cristiano nie gehabt. Hier und da ein paar Gelegenheitsjobs, und das war es. Er mochte es nicht, an einen Chef gebunden zu sein.

Aber nach dem heutigen Tag würde er nie wieder arbeiten müssen. In seiner Tasche hielt er ein Etui umfasst, das ihm ein Vermögen einbringen würde. Der Betrag, den ihm der Mann am Telefon geboten hatte, war schwindelerregend gewesen. Cristiano hatte seinen Kopf kurz unter Wasser halten müssen, um sich davon zu erholen. Von jetzt an würde nichts mehr zu teuer sein für ihn, er würde alles kaufen können, was sein Herz begehrte. Er würde Frau Nina ewig dankbar sein, dass sie ihm von der Legende von Don Carlos und dem fremden Jungen erzählt hatte. Wenn sie wüsste, wer den Diamanten jetzt in seinem Besitz hatte!

Es wurde allmählich dunkel. Cristiano schaute zu den Straßenschildern und sah, dass er den Treffpunkt erreicht hatte. Die Straße, die er suchte, war eine kleine Gasse. Die spärliche Beleuchtung stammte aus den Fenstern der angrenzenden Gebäuden. Was für ein seltsamer Treffpunkt! Bangen Herzens bog Cristiano in das Sträßchen ein.

Am Ende der Gasse parkte ein großes, dunkles Auto. Davor standen zwei breitschultrige Männer in schwarzen Maßanzügen. Der linke ging auf Cristiano zu und durchsuchte ihn. Als klar war, dass er keine Waffen bei sich hatte, nickte der Mann dem anderen zu. Der klopfte kurz auf die Heckscheibe des Autos.

Die Tür hinten links schwang auf und ein alter grauhaariger Mann in grauem Anzug stieg aus. Er stützte sich auf einen Spazierstock.

»Guten Abend, Herr Cristiano«, begrüßte ihn der Mann.

Cristiano sagte nichts, er nickte nur. Er fühlte sich unwohl.

»Ich glaube, Sie haben etwas, das mich sehr interessiert?«

Cristiano nickte wieder. Er sah sich um. Die beiden Kleiderschränke behielten ihn aufmerksam im Auge.

»Darf ich es sehen?«, fragte der Mann geduldig. Er wusste, dass Cristiano nirgendwo hin konnte.

Cristiano steckte zögernd seine Hand in die Tasche. Es blieb ihm nichts anderes übrig. Er zog das Etui hervor und öffnete es. Das Glitzern des Diamanten erhellte die Gasse. Der alte Mann betrachtete das Kleinod begierig.

»Das haben Sie gut gemacht, Herr Cristiano. Sie dürfen mir den Diamanten aushändigen«, sagte er.

Cristiano hatte jedoch nicht vor, seinen Schatz einfach so abzutreten.

»Erst mein Geld!«

Der alte Mann begann zu lachen. Er sah zu seinen beiden Leibwächtern und lachte immer lauter. Die beiden hirnlosen Muskelpakete durchschauten die Angelegenheit nicht ganz, lachten aber doch mit ihrem Boss. Cristiano wusste nicht, was er davon halten sollte.

Der alte Mann wischte sich mit einem Taschentuch die Lachtränen aus den Augen. Danach richtete er einen eiskalten Blick aus giftgrünen Augen auf Cristiano.

»Mein lieber Cristiano, ich glaube, Sie haben noch nicht ganz verstanden, wie dieser Deal läuft.«

Cristiano spürte noch den Lauf einer Pistole an seiner Schläfe. Danach wurde ihm schwarz vor den Augen.

Der schwarze Kaffee kreiste in Demis' Becher. Sam und Daphné saßen ihm gegenüber und bissen gierig in ihre Brötchen. Das Geld, das sie im Güell-Park verdient hatten, war noch immer nicht ganz aufgebraucht und auch Demis hatte am Tag zuvor noch Geld erbettelt.

Demis betrachtete Daphnés Liste und runzelte die Augenbrauen. Er wühlte in seiner Tasche, zog ein zerknittertes Blatt Papier heraus und legte es neben Daphnés Aufzeichnungen.

»Don Carols und Anna Catía de Agrippina sind beide schon einmal verheiratet gewesen«, erläuterte Sam.

Demis brummte etwas und inspizierte weiter sorgfältig die Jahreszahlen. Er trank einen Schluck Kaffee und tippte mit dem Finger auf Daphnés Blatt.

»Hier steht, dass Federico 1512 das Erbe antrat.«

Sam nickte. »Das Jahr, in dem sein Vater starb.«

»Da stimmt etwas nicht. Laut Überlieferung war Federico sieben Jahre alt, als er die Krone übernahm.«

Sam erinnerte sich, dass Frau Nina auch so etwas gesagt hatte.

»Aber Federico ist erst 1507 geboren. Als sein Vater starb, war er gerade mal fünf!«

Daphné und Sam schauten sich wie vom Blitz getroffen an.

»Federico muss also 1505 geboren sein, um mit sieben Jahren Waise geworden zu sein«, sagte Daphné.

»Dasselbe Jahr, in dem der erste Mann von Anna Catía starb«, fügte Sam hinzu. Er begann Licht im

Dunkel zu sehen, aber irgendwie passten die Puzzleteile doch noch nicht ganz zusammen.

Demis nahm sein Papier hinzu.

»Und noch so etwas Seltsames. Ihr schreibt, Federico habe pechschwarze Haare gehabt? Nun, meinen Quellen zufolge war sein Haar gar nicht so schwarz. Laut manchen Aussage einiger Zeitzeugen waren seine Locken braun.«

Demis schlürfte den Rest seines Kaffees. »Ich habe offenbar doch interessante Informationen gefunden. Das Wichtigste habe ich euch noch gar nicht erzählt: Als Anna Catías erster Mann starb, war sie schwanger!«

Sam musste all diese Informationen erst einmal verdauen. Was hieß das eigentlich alles? Federicos Haarfarbe, die sich plötzlich änderte, Federicos Alter, das nicht stimmte, und Anna Catía, die offensichtlich doch schon ein Kind gehabt hatte. Hieraus musste doch ein logischer Zusammenhang herzustellen sein?

»Was hast du sonst noch gefunden?«, fragte er Demis.

Demis machte ein überraschtes Gesicht. »Na, ich dachte, ich hätte schon eine ganze Menge ausgetüftelt? Mal sehen, habe ich noch etwas aufgeschrieben? Vielleicht das: Einem Zeugen zufolge wollte Don Carlos kein zweites Mal heiraten. Und darüber war Anna Catía sehr wütend. Ich fand es daher auch seltsam, dass in der offiziellen Legende steht, Anna Catía sei die Frau von Don Carlos.«

In den nächsten Minuten starrten alle drei vor sich hin. Die Verkäuferin in der Snackbar sah kurz zu dem merkwürdigen Trio hinüber, sagte aber nichts.

Daphné kam als Erste mit Ideen. »Sowohl Don Carlos als auch Anna Catía hatten ein Kind. Aber es ist nur von Federico die Rede. Wo ist dieses zweite Kind geblieben?«

»Und ist Federico das Kind von Don Carlos oder von Anna Catía?«, ergänzte Demis.

Sam hatte alle Informationen, die er bislang gehört hatte, in einen Gedankenmixer gesteckt und servierte ihnen jetzt einen schönen Lösungscocktail.

»Ich glaube, der echte Federico wurde 1507 geboren und ist der Sohn von Don Carlos und seiner ersten Frau.«

Daphné und Demis hörten zu. Es klang logisch.

»Zwei Jahre zuvor bekam auch Anna Catía ein Kind. Wir kennen seinen Namen nicht und werden ihn auch nie erfahren. Auf jeden Fall war es in dem Jahr, als ihr Mann starb. Es würde mich nicht wundern, wenn sie ihn ermordet hätte.«

Sam stützte die Ellbogen auf den Tisch und das Kinn auf die Fäuste. Er war der Lösung ganz nah.

»Was mit der ersten Frau von Don Carlos passiert ist, weiß ich nicht, aber wahrscheinlich ist sie kurz nach der Geburt ihres Sohnes gestorben. Danach haben sich Anna Catía und Don Carlos getroffen.«

»Und eine Beziehung miteinander angefangen«, schlug Daphné vor.

»Genau«, sagte Sam. »aber das reichte Anna Catía nicht. Sie wollte Don Carlos heiraten, damit ihr ein Teil seines Reichtums zustünde.«

»Aber Don Carlos wollte nicht heiraten«, sagte Demis.

»Und deswegen hat sie ihn ermordet!«, rief Daphné.

Sam bedeutete ihr, leiser zu sein. Das war nicht gerade der Moment, in dem sie auffallen sollten.

»Aber wenn Anna Catía ihn ermordet hatte, ohne verheiratet zu sein, dann bekam sie doch nichts?«, fragte sich Demis.

Sam hatte diese Frage erwartet. »Das stimmt, aber Anna Catía hatte bereits einen Plan. Sie würde das Geld zwar nicht selbst bekommen, aber dafür sorgen, dass ihr Sohn es erbte.«

Sam sah, wie die Augen der beiden anderen allmählich aufleuchteten.

»Als Don Carlos starb, musste sein Sohn ihm nachfolgen. Anna Catía hat dafür gesorgt, dass nicht Federico, sondern ihr eigener Sohn das Erbe antrat. Und der war zu diesem Zeitpunkt eben schon sieben Jahre alt.«

Daphné und Demis waren jetzt vollkommen überzeugt.

»Aber der echte Federico hatte schwarze Haare und Anna Catías Sohn braune«, sagte Daphné. »Wahrscheinlich färbte sie die Haare ihres eigenen Sohnes schwarz!«

Demis dachte kurz nach. »Aber wie kommt es dann, dass Anna Catía in der offiziellen Legende als Frau von Don Carlos genannt wird?«

»Wahrscheinlich hat sie den Leuten weisgemacht, sie sei mit Don Carlos verheiratet gewesen und Federico sei ihr gemeinsames Kind«, mutmaßte Sam. »Ein Zeuge, der dem widersprach, hätte vermutlich Sekunden später seinen Kopf verloren. Ein anderer Grund könnte sein, dass die Leute von *La Piedra Preciosa* diese Legende konstruiert haben. Wahrscheinlich sollte die Welt nicht erfahren, dass Federico eigentlich ein Betrüger war!«

Daphné hatte eine Weile vor sich hin gestarrt. Sie brütete noch etwas aus.

»Aber was ist dann mit dem echten Kind von Don Carlos passiert? Davon wissen wir nichts!«

Sam lächelte. »Davon wissen wir sogar sehr viel.«

»Ach ja?«

»Absolut, ja! Das echte Kind von Don Carlos ist der Meistereinbrecher, der sich El Yonaz nannte. Anna Catía hat ihn als Findelkind aussetzen lassen, als Don Carlos starb!«

Stille trat ein. Sie dachten an die unbarmherzige Anna Catía, die ein fünfjähriges Kind bei einer Diebesbande lässt, um sich Zugang zu Don Carlos' Reichtümern zu verschaffen. Für Geld machen Menschen eine ganze Menge.

»Aber El Yonaz muss irgendwie erfahren haben, wer sein Vater ist«, sagte Demis. »Deswegen hinterließ er diese Nachrichten mit dem Satz: ›Zu Ehren meines Vaters‹.«

»Sehr richtig«, sagte Sam. »Ich denke, dass El Yonaz auch das Geheimnis des Diamanten kannte. Er stahl nie etwas aus dem Haus Federicos, er suchte immer nur nach dem Diamanten.«

Demis klatschte in die Hände. »Die Schlussfolgerung lautet also, dass der Diamant eigentlich El Yonaz gehört und nicht Federico. Und eigentlich heißt El Yonaz also Federico, aber ich glaube, es ist besser, wenn wir bei ihren alten Namen bleiben, sonst wird es zu kompliziert.«

Sam nickte. »Und die Folge ist, dass der Diamant eigentlich nicht *La Piedra Preciosa* gehört, sondern *La Justa Venganza*!«

Er wusste, was das bedeutete. Nach etlichen Jahrhunderten hatte *La Justa Venganza* endlich den Diamanten in die Hände bekommen, aber durch ihn, Sam, hatte sie ihn wieder verloren. Weil Sam nur die offizielle Version der Legende gehört hatte, hatte er Blanco nicht vertraut, und den Diamanten mitgenommen. Er wusste, dass er etwas gerade zu rücken hatte.

Sie würden den Diamanten wiederfinden müssen. So konnte er seine Unschuld in der Angelegenheit beweisen, Und sie mussten auch die Missetaten von *La Piedra Preciosa* bekanntmachen. Dieses Unternehmen betrog schon seit Jahrhunderten. Damit musste Schluss sein! Wenn es klappte, konnte auch Demis vielleicht wieder Arbeit finden.

Sam seufzte innerlich. Er hatte sich sein Praktikum doch erheblich anders vorgestellt.

Der Polizist Raúl fuhr tief in Gedanken im Auto seiner Freundin Hanna nach Hause. Er dachte darüber nach, was er an diesem Nachmittag entdeckt hatte. Er war offensichtlich nicht der Einzige, der eine Untersuchung nach *La Piedra Preciosa* angestellt hatte.

Vor vier Jahren hatte sich eine junge Polizistin namens Cat Rico in die Sache verbissen. Die Akte, die sie zusammengestellt hatte, war jedoch leer, was Raúl höchst seltsam fand. Aber noch viel eigenartiger war, dass Cat Rico zwei Wochen nach Beginn ihrer Nachforschungen spurlos verschwunden war. Niemand hatte seither etwas von ihr gesehen oder gehört.

Der zweite Polizist, der einen Versuch gewagt hatte, war ein gewisser Berto Bertolo. Dieser gut aussehende und erfahrene Polizist hatte wie seine Vorgängerin keine Chance bekommen, dem Staatsanwalt etwas vorzulegen. Mitten in seinen Nachforschungen wurde er plötzlich in den Ruhestand versetzt. Sehr seltsam, fand Raúl, da Berto Bertolo zu diesem Zeitpunkt gerade einmal fünfzig Jahre alt gewesen war.

Nach Bertolo hatte es noch einen Ermittler gegeben, der es gewagt hatte, Nachforschungen über *La Piedra Preciosa* anzustellen. Raúl waren fast die Augen herausgefallen, als er den Namen las – kein Geringerer als Inspektor Delgado hatte die Untersuchung geleitet. Und er hatte – Wunder über Wunder – beschlossen, dass bei dem Versicherungsunternehmen alles in bester Ordnung war.

Raúl hatte gleich nach dieser Entdeckung seine Verbindungsleute angesprochen. Nach ein wenig hin- und hertelefonieren hatte er erfahren, dass im selben Zeitraum beträchtliche Summen auf Delgados Konto eingegangen waren. Raúl glaubte nicht an Zufall.

Raúls Gedanken wurden von einer krächzenden Stimme im Polizeifunk unterbrochen.

»Mord in El Raval. Die Einheiten 17-08 und 12-12 werden gebeten, in einer Seitenstraße von Riereta zur Verstärkung anzurücken.«

Eine andere Stimme beantwortete den Aufruf.

»Hier ist 12-12. Sind auf dem Weg. Gibt es schon Angaben zum Opfer?«

»Nicht viel, 12-12, das Opfer soll ein gewisser Cristiano sein, ein Kleinkrimineller.«

»In Ordnung, wir sind in fünf Minuten da.«

Raúl zog plötzlich die Handbremse. Mit quietschenden Reifen wendete er seinen Wagen um 180 Grad. Die Schnauze stand nun in entgegengesetzter Richtung, aber noch immer auf derselben Fahrbahn! Er sah zwei leuchtende Scheinwerfer in rasanter Fahrt auf sich zukommen. Eine Sekunde starrte er auf den großen Jeep, ohne sich zu rühren. Danach wurde ihm bewusst, dass sein Leben am seidenen Faden hing. Er riss das Steuer herum, drückte das Gaspedal durch und rutschte gerade noch vor einem anderen Auto auf die richtige Spur.

Ohne über seine tollkühne Aktion nachzudenken, fuhr Raúl nach El Raval, einer Gegend in der Nähe der belebten Geschäftsstraße La Rambla. Man erwartete von ihm nicht, dass er dorthin fuhr, aber der Name des Opfers hatte seine Aufmerksamkeit erregt. Sam hatte während seines Verhörs gesagt, ein gewisser Cristiano habe den Diamanten von ihm gestohlen. Und nun lag ein unbedeutender Kleinkrimineller mit demselben Namen ermordet in El Raval. Raúl glaubte noch immer nicht an Zufall.

Er bog in die Rieretastraße ein und sah schnell, wo er hin musste. Etliche Schaulustige hatten sich schon am Tatort eingefunden. Die Polizisten vor Ort versuchten, sie auf Abstand zu halten. Raúl rannte hin und zeigte seine Polizeimarke. Der Polizist nickte und ließ ihn unter dem Absperrband durch. Als er sich wieder aufgerichtet hatte, hörte er eine scharfe Stimme.

»Was machst du hier, verdammt? Entfernen Sie diesen Mann so schnell wie möglich!«

Der Kopf von Inspektor Delgado wurde rot vor Aufregung, als er auf Raúl zeigte.

»Wie soll ich hier eine Untersuchung durchführen, wenn ihr jeden an den Tatort lasst?«, schnauzte er.

»Nehmen Sie es mir nicht übel, Inspektor«, sagte Raúl schnell, »ich bin Polizist, ich heiße Raúl.«

Er zeigte wieder seine Marke.

Delgado kniff die Augen zu Schlitzen zusammen. »Raúl, ja? Also Raúl, meiner Ansicht nach hast du hier nichts verloren. Ich habe von González gehört, dass du dich viel zu sehr mit Sachen beschäftigst, die dich nichts angehen!«

Raúl fluchte innerlich. Hatte Sofia ihren Mund nicht halten können? Damit hatte sie ihn in eine schwierige Lage gebracht. Delgado wusste nun, dass er sich Fragen stellte, er würde aufpassen müssen. Zuckersüß sagte Raúl: »Tut mir leid, Inspektor Delgado, ich dachte, man hätte mich angefordert. Sie haben mir nicht einmal gesagt, was los ist. Was ist denn passiert?«

Delgado war nicht der Typ, der süße Töne mochte. Er fasste Raúl am Handgelenk und drehte es grob nach hinten. Ein stechender Schmerz durchfuhr Raúls Arm.

»Meiner Ansicht nach weißt du verdammt gut, was hier los ist! Ich rate dir dringendst, dich um was anderes zu kümmern. Das ist nichts für einen Rotzlöffel wie dich.«

Delgado verstärkte seinen Griff. Raúl biss sich auf die Lippe, um nicht laut aufzuschreien.

»Ich gebe meinen guten Rat immer nur ein einziges Mal«, zischte Delgado. »Wenn du mir noch einmal in die Quere kommst, könnte es ein schlechtes Ende mit dir nehmen!«

Raúl konnte vor Schmerzen nicht antworten und nickte nur. Delgado ließ ihn los und Raúl bahnte sich einen Weg durch die noch immer anwachsende Menge.

Wenn das eigene Leben bedroht wird, hat man zwei Möglichkeiten: entweder zieht man sich zurück, oder man macht weiter. Zurückziehen kam nicht in Frage. Er wollte schneller sein als sein Feind.

16

Diamantenfieber

»Wir müssen die Akten über La Piedra Preciosa in die Finger kriegen«, sagte Sam. »Nur so können wir nachweisen, dass dieser Verein korrupt ist.«

»Und vielleicht entdecken wir dann auch, wer dieser Cristiano ist«, fügte Daphné hinzu. »Dann können wir nach dem Diamanten suchen.«

Sam, Daphné und Demis saßen immer noch in derselben Snackbar.

Die Inhaberin versuchte immer mal wieder, sie mit bösen Blicken zum Gehen zu bewegen, weil sie schon eine Weile nichts mehr bestellt hatten und nur herumsaßen.

Die drei ignorierten sie jedoch und schmiedeten weiter Pläne. Demis machte ein sehr besorgtes Gesicht.

»Ich glaube, dass ihr euch das ein wenig zu einfach vorstellt. Die Akten von La Piedra Preciosa werden streng bewacht. Da kommen wir nie ran!«

Sam war erstaunt über Demis' Zurückhaltung.

»Willst du denn ewig in deiner Hütte wohnen bleiben? Das ist deine Chance, dich an diesem hinterlistigen Ditor Bollo zu rächen! Wir haben nichts zu verlieren!«

»Ich schon«, murmelte Daphné. »Ich werde weder des Diamantendiebstahls verdächtigt noch von meinem ehemaligen Arbeitgeber beschuldigt.«

Sam wusste, dass sie recht hatte. Im Gegensatz zu ihnen hatte Daphné tatsächlich viel zu verlieren. Daphné lachte aber nur, als sie die besorgten Gesichter der beiden sah.

»Macht euch keine Gedanken, ja? Ich helfe euch bis zum bitteren Ende! Wir werden es diesem Bollo schon zeigen!«

Demis ließ sich von Daphnés Kampfgeist anstecken.

»Gut, du hast gewonnen, Sam. Wir werden versuchen, die Piedra-Geheimakten zu ergattern. Mit ein wenig Glück sind es immer noch dieselben Nachtwächter. Ich habe in meinem ersten Jahr dort viele Überstunden gemacht, ich kenne ihre Gewohnheiten also ganz gut.«

Demis sprach jetzt etwas leiser. Sam und Daphne spitzten die Ohren.

»Punkt zwölf treffen sich die drei Nachtwächter am Empfang im Erdgeschoss. Zwanzig Minuten lang halten sie dann einen lautstarken Kaffeeklatsch ab. Ich vermute, sie strecken ihren Kaffee mit ein wenig hochprozentigem Alkohol. Wir haben also zwanzig Minuten, um über das Fenster im ersten Stock einzusteigen und die richtigen Akten zu finden.«

Der Plan klang gut, aber zwanzig Minuten waren ein Witz. Doch sie mussten diese Chance ergreifen. Sam sah zu der Uhr hinter der Verkaufstheke. Zehn nach zehn. In weniger als zwei Stunden würde die Kaffeepause der Nachtwächter beginnen. Er hoffte, dass sie eine Menge Gesprächsstoff hatten.

Mit schnellem Schritt ging ein Mann durch die Straßen von Barcelona. Er war ganz in Grau gekleidet, sodass er in der dunklen Stadt kaum auffiel. Er hielt vor einem Gebäude, das wie ein Bürohochhaus wirkte. Er drückte gegen die Glastür, aber sie bewegte sich keinen Millimeter. Ungeduldig klopfte er einige Male gegen das Glas. Durch die Tür sah er ein Gesicht auftauchten. Ein Augenpaar musterte ihn von Kopf bis Fuß. Kurz darauf hörte er Schlüssel klirren und die Tür ging auf.

»Herr Summer! Das ist lange her!«, begrüßte ihn ein alter Mann im bordeauxfarbenen Anzug.

»Das stimmt, Herr Portero«, antwortete Summer. »Aber ich fürchte, ich habe jetzt keine Zeit für einen Plausch, ich muss Herrn Blanco sprechen.«

»Natürlich, Herr Summer. Ein Geheimagent hat schließlich nie Ruhe! Einen kleinen Moment, ich rufe ihn für Sie.«

Portero eilte zum Empfangstresen und drückte auf ein paar Knöpfe. Unterdessen ließ Summer seinen Blick durch die Eingangshalle wandern. Er erinnerte sich noch, wie er als Junge voller Respekt den großen Springbrunnen mit den Engeln bewundert hatte. Es war sein erstes Praktikum gewesen.

»Steigen Sie ruhig in den Aufzug, vierter Stock. Ich nehme an, Sie kennen den Weg noch?«

Summer nickte. »Vielen Dank, Herr Portero. Wenn diese Sache erledigt ist, komme ich gern noch einmal vorbei.«

Portero lächelte. »Ich werde Sie daran erinnern, Herr Summer. Ich habe immer gedacht, Sie würden es weit bringen. Jungen wie Sie habe ich hier noch nicht oft vorbeikommen sehen. Aber jetzt beeilen Sie sich, Herr Blanco erwartet sie.«

Summer verabschiedete sich von Portero und fuhr mit dem Aufzug in den vierten Stock. Als die Türen aufgingen, stand ein guter Bekannter vor ihm. Er streckte die Hand aus.

»Guten Abend, Blanco. Unangenehme Situation, nicht wahr?«

Um halb zwölf hatten Sam, Daphné und Demis schon ihren Posten vor dem Gebäude von *La Piedra Preciosa* eingenommen. Sie musterten die Umgebung. Als Demis gesagt hatte, sie könnten über das Fenster in den ersten Stock gelangen, hatte sich das leicht angehört.

Jetzt, da sie vor dem Gebäude standen, schien es gar nicht so einfach. Das besagte Fenster befand sich gut fünf Meter über dem Boden!

»Wie sollen wir da je hinkommen?«, fragte Daphné.

»Tja«, sagte Sam, »springen scheidet schon mal aus ... Vielleicht wenn wir fliegen könnten ...«

Demis sagte nichts. Er starrte weiter auf das Gebäude, um eine Lösung zu suchen.

»Seht ihr, was ich sehe?«, fragte er.

Sam und Daphné starrten in die Ferne.

»Was? Eine Leiter?«, fragte Daphné.

»Ein Aufzug zum Fenster vielleicht?«, fügte Sam spöttisch hinzu.

»Das ist nicht der richtige Augenblick für Scherze«, mahnte Demis.

Daphné konnte es jedoch nicht lassen. »Vielleicht ein Riesentrampolin? Dann springen wir einfach gleich durchs Fenster!«

Demis ignorierte die Bemerkung. »Schaut mal zu dem Verkehrsschild da hinten. Es befindet sich genau unter dem Fenster.«

»Auf ein Verkehrsschild können wir klettern ...«, sagte Sam.

»Sehr richtig«, meinte Demis. »Ich weiß bloß nicht, wie wir das Fenster aufkriegen sollen.«

Sam tastete nach seinem MP3-Spieler. Den hatte er ja zum Glück auf dem Weg nach Marseille gründlich ausprobiert.

»Darum kümmere ich mich«, sagte er.

Gespannt warteten die drei, dass es zwölf Uhr wurde. Sam kamen Zweifel – war der Plan wirklich gut? Er vertrieb den Gedanken. Es war gerade ganz egal. Sie hatten nur diesen Plan. Ihnen blieb also keine große Wahl.

Eine Minute vor zwölf standen sie am Verkehrsschild. Demis faltete die Hände zur Räuberleiter.

»Warte noch«, sagte Sam. »Wissen wir sicher, dass diese Nachtwächter weg sind?«

Demis schüttelte den Kopf. »Nein, das wissen wir nicht sicher.«

Sam seufzte tief und stellte seinen rechten Fuß auf Demis Hände. »Ich wollte nur mal kurz fragen.«

Schlag zwölf hing Sam am Verkehrsschild. Er zog seinen MP3-Spieler aus der Tasche und drückte auf ein paar Tasten. An der Unterseite sprang ein scharfes Messer hervor und das Kabel mit den Ohrhörern schob sich etwa fünf Zentimeter heraus. Als er die Ohrhörer ans Fenster presste, blieben sie zu seiner Zufriedenheit kleben. Es waren nicht nur Lautsprecher, sondern auch Saugnäpfe.

Der Rest war ein Kinderspiel. Sam schnitt mit dem Messer einen Kreis aus dem Glas, steckte seinen Arm hindurch und öffnete das Fenster von innen. Er sah hinein. Keine Bewegung auszumachen. Sam kletterte durch das offene Fenster und gab den anderen Zeichen, sie sollten nachkommen.

Kurz darauf standen sie zu dritt im Gebäude von *La Piedra Preciosa*. Sie ließen ihren Augen kurz Zeit, sich an das Dunkel zu gewöhnen. Es war ein großer, offener Arbeitsraum. Zwischen den Schreibtischen standen nur kleine Trennwände, Privatsphäre gab es hier nicht.

»Kommt«, sagte Demis. »Hierher.«

Er führte sie zur anderen Seite der Etage, wo in der Ecke doch noch ein separates Büro vorhanden war.

»Ist dies das Büro des Direktors?«, fragte Daphné.

»Nein, des stellvertretenden Direktors, Ditor Bollo«, flüsterte Demis. »Der Direktor sitzt einen Stock höher. Aber der betritt sein Büro fast nie. Er lässt Bollo alle Angelegenheiten regeln.«

»Und der missbraucht das mit Vergnügen«, fügte Sam hinzu.

In der Ecke des Büros standen Schränke mit verschiedenen Schubladen. Demis zog ein paar davon auf.

»Und jetzt heißt es suchen, wir müssen etwas Belastendes finden, oder etwas, das uns zu dem Diamanten führt.«

Sam nahm einige Ordner. Die beiden ersten waren voller Informationen über Fälle, um die sich die Versicherungsgesellschaft in den letzten Monaten gekümmert hatte. Nicht interessant für ihn. Beim dritten Ordner traf er ins Schwarze.

»Schaut mal hier! Alles Akten von bekannten Leuten. Ditor Bollo hat belastendes Material gesammelt, um es gegen sie zu verwenden. Fotos, Kontenaufstellungen, Geldwäsche-Operationen, Bußgelder und so weiter. Deswegen gerät *La Piedra Preciosa* nie in Probleme, Bollo erpresst einfach jeden, der gegen ihn ist!«

Auch Daphné hatte inzwischen etwas gefunden.

»Und wenn er sie nicht erpressen kann, besticht er sie einfach. Mehrere Politiker haben in den letzten Jahren eine Menge Geld von *La Piedra Preciosa* bekommen. Offiziell sind es Rückzahlungen der Versicherung, aber das können sie ihrer Großmutter erzählen.« Daphné blätterte weiter.

»Und um das Bild komplett zu machen: Auch Delgado ist bei den Glücklichen, die regelmäßig von der Versicherung belohnt werden. Wenn wir diese Akten zur Polizei bringen, kann Bollo es vergessen.«

Demis machte ein bedenkliches Gesicht. »Da wäre ich nicht so sicher, Daphné. Bollo hat ganz offensichtlich keine Angst vor der Polizei. Sonst würde er diese Akten nicht hier aufbewahren. Wenn wir sie zur Polizei bringen, woher wissen wir dann, dass sie nicht bestochen wurde?«

»Sehr richtig, Herr Lagos!«

Sam, Daphné und Demis hoben erschrocken den Kopf. Diese Stimme gehörte keinem von ihnen! Als das Licht plötzlich anging, drehten sie sich zögernd um. Ditor Bollo und seine beiden Leibwächter standen grinsend vor ihnen. Sam erkannte die Leibwächter. Es waren die beiden, die sein Zimmer durchsucht hatten und ihm im Gebäude des Geheimdienstes aufgelauert hatten, als er dort vor Blanco floh. Er hatte damals gedacht, sie würden zu Blanco gehören, aber nun vermutete er eher, dass ihn die Männer bis dorthin verfolgt hatten. Es tat Sam ganz schön leid, dass er Blanco nicht vertraut hatte, aber dafür war es nun wirklich viel zu spät.

Bollo trat einen Schritt vor.

»Ich merke, dass Sie unsere Geschäftspolitik noch immer nicht schätzen, Herr Lagos. Ich habe die richtige Entscheidung getroffen, Sie ohne Pardon zu entlassen. Wie geht es Ihnen sonst so? Schon andere Arbeit gefunden?«

Bollos spöttischer Blick machte klar, dass er die Antwort bereits kannte. Demis ließ sich jedoch nicht auf der Nase herumtanzen.

»Glaubst du, es täte mir leid, nicht mehr hier zu arbeiten? Ich habe zumindest noch ein reines Gewissen«, sagte er. »Das kann nicht jeder in diesem Zimmer von sich behaupten.«

Bollo verdrehte die Augen. »Ach, Gewissen ... Was bringt das? Wer hat schon noch ein reines Gewissen? Du? Dass ich nicht lache! Gut, du hast dich auf die Hinterbeine gestellt, als du entdeckt hast, dass die alte Frau unschuldig war. Gratuliere! Aber was ist mit all den anderen Sachen, an denen du mitgearbeitet hast?«

Bollo bohrte seinen giftgrünen Blick tief in Demis' Augen.

»Glaubst du, dass du dabei niemandem wehgetan hast? Glaubst du, all diese Leute waren sauber? Lagos, du bist einfach naiv! Du wirst lernen müssen, damit zu leben, niemand hat ein reines Gewissen!«

Demis feuerte hasserfüllte Blicke auf Bollo ab, doch er schwieg.

»Nun«, fuhr Bollo fort, »wenn wir schon beide kein reines Gewissen haben, dann wohne ich lieber in einer piekfeinen Villa mit Pool als in einer Hütte im Wald.«

Die beiden Leibwächter grinsten. Sam mischte sich ins Gespräch.

»Der Betrug kann so nicht weitergehen, Bollo. Früher oder später wird man entdecken, was Sie treiben, und dann sind Sie dran!«

Bollo sah Sam verächtlich an.

»Hört, hört, was für ein freches Kerlchen! Delgado hatte schon so etwas erwähnt. Nun, lieber später als früher, was? Aber du hast recht, irgendeiner kommt immer dahinter. Das ist aber im Handumdrehen zu regeln. Wie ich schon sagte, niemand hat ein reines Gewissen, alles ist käuflich. Und wenn mal etwas nicht zu kaufen ist, nun ...« Er klopfte seinen Leibwächtern auf die Schulter. »... dann regeln es diese beiden Herren!«

Ihr donnerndes Gelächter füllte das Zimmer. Sam warf Demis und Daphné einen verzweifelten Blick zu. Sie hatten gewagt und verloren. Wie hatte Bollo wissen können, dass sie hier waren? Als könnte er Gedanken lesen, gab der selbst Antwort auf Sams Frage.

»Dachtet ihr wirklich, ihr könntet hier einbrechen? Dass ich vergessen würde, dass Lagos hier gearbeitet hat?«

Sam sah auf. Woher wusste Bollo, dass Demis ihnen half? Das war ja fast, als hätte er eine Kristallkugel!

»Der arme Mann, den ihr im Park betrogen habt, hat eure Beschreibung bei der Polizei durchgegeben«, fuhr Bollo fort. »Ich wusste gleich, um wen es ging. Und es reichte, ein paar Kameras mehr zu installieren.

Die Nachtwächter erhielten den Auftrag, wie immer um Mitternacht Pause zu machen. Euren Einbruch sahen sie auf dem Monitor und *zack*, schon seid ihr dran. Dass ich in der Nähe war, ist jedoch Zufall. Ich habe eigentlich wichtigere Dinge zu tun, als hier mit euch zu plaudern.«

Er beugte sich ein wenig vor. Sam bemerkte, dass er ein Kettchen mit einem kleinen Diamanten trug. »Ich werde euch ein Geheimnis verraten. Der Diamant gehört wieder mir.«

Bollo strahlte wie ein kleines Kind, das einem noch kleineren Kind ein Spielzeugauto weggenommen hat.

»Aber nicht weitererzählen, hört ihr!«

Bollo sah seine beiden Leibwächter an und brach dann mit ihnen wieder in Lachen aus.

»Verdammt, wie komme ich nur darauf? Als ob ihr überhaupt noch etwas weitererzählen *könntet*!«

Sam dachte nach. Bollo hatte den Diamanten wieder in seinem Besitz? Was war dann mit Cristiano passiert? Arbeitete der für Bollo oder ...? Sam schluckte. Er beschloss, ihn direkt darauf anzusprechen.

»Ich dachte, Cristiano sei mit dem Diamanten abgehauen. Hat er ihn Ihnen gegeben?«

»Ah, da ist ja unser Naseweis wieder. Nun, lass es mich so sagen. Cristiano hat mir den Diamanten tatsächlich gegeben, er war nur so dreist, dafür etwas haben zu wollen.«

Bollo sah Sam an.

»Also pass auf, was du von mir willst«, zischte er.

Bollos Blick jagte Sam Schauder über den ganzen Körper. Tausende von Ameisen schienen über seine Haut zu krabbeln.

»Lass die Kinder in Ruhe, Bollo«, ging Demis dazwischen. »Nimm es mit mir auf, wenn du dich traust!«

Sam war so ein cooles Auftreten von Demis gar nicht gewöhnt. Er vermutete einen Bluff dahinter. Bollo dachte genauso.

»Es mit dir aufnehmen? Pfff, ich brauche nur zu pusten und du fällst um. Du vergisst, wie es beim letzten Mal gelaufen ist. Da hast du auch versucht, mir Steine in den Weg zu legen. Nun, mir scheint, das ist nicht so recht gelungen.«

Er ging einen Schritt zurück und flüsterte einer seiner Leibwachen etwas ins Ohr. Der sah zu den Eindringlingen hinüber und nickte. Bollo wandte sich wieder an Sam, Daphné und Demis. »Es tut mir leid, dass ich nicht bleiben kann, aber es wartet jemand auf mich, oder besser gesagt: etwas wartet auf mich. Bald werde ich das Geheimnis des Diamanten gelüftet haben und ich werde wieder so mächtig wie meine Vorväter!«

Sam sah auf. Bollo stammte von Federico ab? Er hatte nicht erwartet, dass seine Nachfahren noch immer La Piedra Preciosa lenkten.

»Ihr seid weit gekommen, aber hier endet euer Abenteuer«, sagte Bollo. »Auf Wiedersehen, oder sollte ich lieber sagen: Lebt wohl?«

Laut lachend verließ der stellvertretende Direktor das Büro. Seine beiden Leibwachen sahen sich grinsend an.

»Átalo y bájalo! Vamos a dar una vuelta!«, sagte der behaartere der beiden zum anderen.

Sam wusste nicht, was das bedeutete, aber er hoffte inständig, dass es etwas wäre wie: »Lass sie einfach gehen, sie haben uns nichts getan.«

Auch wenn er kein Spanisch konnte, war ihm schon klar, dass er damit danebenlag.

Raúl lehnte an einem Laternenpfahl. Die Lampe war schon seit etlicher Zeit kaputt, sodass er vollständig im Dunkeln stand. Er wurde von zwei Stimmen in seinem Kopf geplagt.

»Geh nicht dort hinein! Das kann dich deine Stelle kosten!«

»Wenn du da nicht reingehst, wirst du die Wahrheit nie erfahren!«

»Was hat man von der Wahrheit, wenn man im Gefängnis sitzt?«

»Och, das wird schon nicht so schnell passieren. Niemand wird je erfahren, dass du dort warst.«

»Denk mal gut nach. Hast du schon vergessen, was Delgado gesagt hat?«

Das gab den Ausschlag. Raúl würde sich von einem Typen wie Delgado nicht einschüchtern lassen. Er würde dieser Sache bis auf den Grund nachgehen. Er sah zu dem Gebäude auf der gegenüber liegenden Seite. Wie kam er dort am besten rein? Das Absuchen der Fassade brachte eine angenehme Überraschung. Im ersten Stock stand ein Fenster offen. Und über das Verkehrsschild darunter konnte er leicht einsteigen.

»Was haben die mit uns vor?« Daphnés Stimme war von Angst durchdrungen.

Sam wusste es nicht. Einer der Leibwächter hatte ihnen gerade die Hände auf den Rücken gefesselt. Der andere gab ihnen mit dem Kopf Zeichen, sie sollten ihm folgen. Das Seil schnitt ihm in die Handgelenke, aber Sam gab keinen Mucks von sich. Er versuchte, einen kühlen Kopf zu bewahren. Sie mussten einen Ausweg finden, bevor es zu spät war, aber wie?

»Ich weiß es nicht, Daphné.«

Sam sah verzweifelt zu Demis. Der starrte mutlos in die Ferne.

»Entschuldigt, dass ich euch nicht helfen konnte, Kinder. Ich habe wieder einmal versagt ...«

Er sah zu Boden und schüttelte den Kopf.

»Jetzt nicht aufgeben, Demis!«, sagte Sam. »Es ist noch nicht alles verloren. Wir ...«

»Psst! Silencio!«

Einer der Leibwächter stand vor Sam und legte einen Finger auf seinen Mund. Sam nickte ergeben. Der andere Leibwächter ging zur Tür hinaus und winkte ihnen. Daphné setzte sich als Erste in Bewegung, Demis und Sam folgten ihr.

Aber noch bevor sie durch die Tür waren, kam der Leibwächter wieder ins Zimmer. Seine Augen waren weit aufgesperrt und er hielt die Hände hochgereckt.

Die Pistole, die an seinen Kopf gehalten wurde, erklärte sein Verhalten.

»Hallo, Leute, ich glaube, ihr könnt hier durchaus ein bisschen Hilfe brauchen, oder?« Raúl lächelte.

17

Ein guter Polizist

Demis, Daphné und Sam saßen am Esstisch in Raúls Appartement. Sie stürzten sich begierig auf alles Essbare, das Raúl noch in seinen Schränken gefunden hatte. Eine Tiefkühlpizza, einen Kanten altes Brot und ein Stück Käse. Raúl hatte in dieser Nacht keine Gäste mehr erwartet.

Mit Hilfe des Polizisten hatten sie das Gebäude von *La Piedra Preciosa* problemlos verlassen können. Weil sie einen Leibwächter als Geisel genommen hatten, trauten sich die anderen Wächter nicht, einzugreifen. Danach hatte Raúl den Mann laufen lassen. Weil er selbst eingebrochen hatte, konnte er ihnen nichts nachweisen. Ein Polizist muss normalerweise erst einen Durchsuchungsbeschluss beantragen, bevor er irgendwo hinein darf. Zum Glück für Sam und die anderen hatte er diesmal darauf verzichtet.

Raúl hatte sie zu seinem Appartement mitgenommen und sie über die neusten Entwicklungen in diesem Fall informiert. Viel Neues hatte er ihnen nicht erzählen können. Dass Cristiano über seine Begegnung mit Ditor Bollo nicht mehr würde berichten können, hatte Sam schon vermutet. Und die Neuigkeit, dass die Nachforschungen über *La Piedra Preciosa* immer im Sand verlaufen waren, ließ ihn nicht vor Erstaunen aufspringen.

Nach den Erläuterungen war Raúl auf die Wache gegangen. Er wollte dort eine Akte fertigstellen, um sie dem Untersuchungsrichter vorzulegen. Er wollte so schnell wie möglich eine offizielle Hausdurchsuchung bei *La Piedra Preciosa* – bevor Bollo die Beweise vernichten konnte.

»Was glaubt ihr, wo Bollo und der Diamant jetzt sind?«, fragte Daphné.

»Keine Ahnung«, antwortete Demis, »aber so wie ich Bollos Arroganz und Selbstsicherheit kenne, hat er den Diamanten einfach mit nach Hause genommen. Er denkt, niemand kann ihm was.«

Sam nickte zustimmend. »Du könntest recht haben. Die Frage ist, wie wir da reinkommen sollen.«

Daphné tippte sich mit dem Zeigefinger an die Stirn. »Wie bitte? Willst du jetzt auch noch bei Bollo zu Hause einbrechen? Hast du vielleicht schon vergessen, wie das vorhin ausgegangen ist? Wenn Raúl nicht gekommen wäre, könnten wir jetzt mit Cristiano Karten spielen!«

Sam ließ sie einen Moment toben. Irgendwie hatte sie ja recht. Sie waren vorhin tatsächlich mit viel Glück entkommen. Aber durften sie sich davon abschrecken lassen? Ein echter Geheimagent warf doch auch nicht gleich die Flinte ins Korn, wenn er einmal bedroht wurde!

»Du vergisst, dass ich noch immer wegen Diamantendiebstahls gesucht werde, Daphné. Und vielleicht schiebt mir Delgado auch noch den Mord an Cristiano in die Schuhe. Er würde alles dafür geben, mich einsperren zu lassen.«

»Aber Raúl hilft uns doch jetzt!«, sagte Daphné. »Er wird schon dafür sorgen, dass sich alles aufklärt.«

Jetzt mischte sich auch Demis ein.

»So selbstverständlich ist das nicht, Daphné. Du hast Raúl selbst gehört. Die Nachforschungen über *La Piedra Preciosa* werden immer sabotiert. Wenn Raúl nicht aufpasst, verschwindet er wie seine Vorgänger.«

Daphné war nicht überzeugt.

»Aber auf wen können wir denn dann zählen?«

»Auf uns, Daphné, nur auf uns«, antwortete Sam.

Demis reckte sich und gähnte laut. »Vollkommen richtig, Sam. Aber zuvor müssen wir uns ein wenig ausruhen. Ich schlage vor, dass Sam und ich in Raúls Schlafzimmer schlafen gehen und Daphné hier auf dem Sofa.«

»Warum muss ich auf das Sofa?«, protestierte Daphné.

Demis lachte. »Von mir aus darfst du auch zu uns ins Bett. Ich dachte, du als einziges Mädchen hättest vielleicht lieber ein wenig Privatsphäre.«

»Privat? Mitten im Wohnzimmer, wo alle durch müssen?«

Sam lehnte sich zurück und mischte sich nicht in die Diskussion. Er wusste jetzt schon, wie sie ausgehen würde. Demis hatte mehr Chancen, den Jackpot zu gewinnen als diesen Disput.

»Aber das ist doch am einfachsten!«, wehrte sich Demis. »Es gibt nur ein großes Bett und zwei Männer, also ...«

»Nun, wenn du der Ansicht bist, dass es im Wohnzimmer so schön privat ist, dann schlage ich vor, dass Sam und du auf dem Sofa schlafen und ich erbarme mich und nehme das Bett!«

»Aber das ist doch ...«, murrte Demis.

»Perfekt? Genau, das wollte ich auch gerade sagen. Wolltest du noch etwas hinzufügen? Nein? Schön, dann lege ich mich jetzt hin. Gute Nacht allerseits!«

Ohne Demis noch eine Chance zum Protest zu geben, stand Daphné auf und begab sich ins Schlafzimmer.

Demis kratzte sich am Kopf und sah zu Sam. »Ist sie immer so nachgiebig?«

Sam lachte. »Nur, wenn man sie nicht selbst entscheiden lässt.«

Er stand auf und ging durchs Zimmer. Er merkte, wie müde er war. Die letzten Tage waren nicht gerade erholsam gewesen. Er hatte im Gefängnis, in einer Hütte und im Zug geschlafen und hätte sich jetzt gern in Raúls Bett gelegt, aber Daphné würde das zu verhindern wissen.

Sam sah durchs Fenster. Barcelona war abends sehr ruhig. Auf der Straße waren fast keine Leute unterwegs. Oder doch: In der Ferne sah er ein paar Männer.

Alle drei trugen einen schwarzen Anzug, die mussten bestimmt noch zu einer Hochzeit. Warte …

»Welche Seite willst du, Sam?«, fragte Demis. »Mir ist es ziemlich egal. Ich bin sowieso gewöhnt, auf einem Feldbett zu schlafen. Nimm du ruhig die Ecke mit den großen Kissen. Sam?«

Sam antwortete nicht mehr. Mit großen Augen sah er aus dem Fenster. Diesmal waren sie aber ziemlich schnell gewesen.

Raúl blätterte Sams kopierte Akte zum hundertsten Mal durch. Beim Mailwechsel zwischen Sam und Summer hielt er inne. Irgendetwas fiel ihm auf, aber er konnte erst nicht genau sagen, was. Raúl dachte nach.

Das war es! Genau, die E-Mails waren in derselben Schrifttype geschrieben wie der Rest der Akte. Wenn Delgado die E-Mails abgefangen hätte, würde er sich doch nicht die Mühe machen, die Schrift anzupassen? Klar war es möglich, aber nicht wahrscheinlich. Wahrscheinlicher war, dass Delgado die E-Mails selbst getippt hatte! Es gab nur eine Möglichkeit, das in Erfahrung zu bringen: Er musste in Delgados Computer nachsehen.

Raúl schlich in Delgados Büro und schaltete den PC ein. Merkwürdig, der fragte gar nicht nach einem Password. Delgado musste davon ausgehen, dass niemand auf die Idee käme, an seinen Computer zu gehen. Raúl lächelte. Falsch gedacht.

Über die Suchfunktion fand er den Namen Summer schnell. Die Dateien, die er suchte, scrollten über den Monitor. Die E-Mails waren in Word geschrieben, was für Raúl ein Beweis war, dass sie nicht von Sam stammten. Eine E-Mail mit einem einzigen Satz schrieb man doch nicht erst in einen Word-Entwurf? Er schaute auf das Datum und die Zeit, zu der sie angelegt worden waren. Kurz vor Sams Verhör – jetzt hatte er Delgado!

Aber Raúls Glück war von kurzer Dauer. Schritte auf der Treppe ließen ihn erbleichen. Er schaute sich um. Es gab nur eine Tür im Zimmer und durch die konnte er nicht mehr, ohne entdeckt zu werden. Er saß in der Falle. Er hatte den Käse gefressen und die Falle war zugeschnappt.

Langsam öffnete sich die Tür. Raúl suchte nach der Pistole an seiner Seite. Das Halfter war leer. Wo war seine Waffe abgeblieben? Raúl tauchte unter einen Tisch. Er sah die Beine von zwei Personen, die das Zimmer betraten. Der eine trug einen grauen Anzug, der andere einen blütenweißen.

»Herr González?«

Diese Stimme kannte Raúl nicht. Wurde Delgado dieses Mal nicht von Fino begleitet?

»Herr González?«, wiederholte die Stimme. »Sie brauchen sich nicht zu verstecken. Wir wissen, dass Sie hier sind. Ich hatte erwartet, dass Sie in Delgados Büro herumschnüffeln!«

Wie, sie hatten es erwartet? Bollo musste Delgado über sein Eingreifen in *La Piedra Preciosa* informiert haben. Und der hatte erraten, dass er hierher kommen würde.

Raúl blieb weiter auf den Knien liegen, aber das Versteckspiel war schnell vorbei. Die beiden Personen umrundeten langsam den Schreibtisch, bis sie vor dem verängstigten Polizisten standen. Vorsichtig hob Raúl den Kopf. Zu seiner Verblüffung standen da nicht Delgado und Fino. Auch keine Leibwächter oder Bollo selbst. Der Mann im weißen Anzug reichte ihm die Hand. »Sie brauchen keine Angst zu haben, Herr González. Wir sind nicht hier, um Ihnen etwas anzutun. Das ist Herr Summer und ich heiße Blanco. Ich glaube, nach mir suchen Sie schon eine Weile?«

18

Dem Diamanten auf der Spur

Delgado bedeutete den beiden Leibwächtern von Ditor Bollo anzuhalten. Sie waren bei der richtigen Adresse.

»Also denkt dran, es muss so aussehen, als hätte Raúl die Morde verübt. So lauten Bollos strikte Anweisungen. Wenn einer von euch es verpatzt, darf er es Bollo selbst erklären!«

»Was sollen wir denn machen?«, fragte einer der Helfer. Delgado musste die Zähne fest zusammenbeißen, um nicht laut zu schreien.

»Das habe ich doch gerade erklärt, Cristóbal! Hast du es schon wieder vergessen?«

Delgado hatte noch nie so große Lust gehabt, jemanden zu ohrfeigen. Er hielt sich zurück, war aber fest entschlossen, es irgendwann nachzuholen.

»Okay also, zum allerletzten Mal: Ich habe die Dienstwaffe von diesem Raúl, der überall seine Nase reinsteckt. Mit dieser Pistole müssen die drei Naseweise da oben umgelegt werden. Das heißt, dass *ihr* keinen einzigen, hört ihr mich, KEINEN EINZIGEN

Schuss abgeben dürft. Alles, was ihr tun müsst, ist, sie zu überwältigen, damit ich ihnen den Gnadenschuss geben kann.«

Cristóbals spärliche Hirnzellen beschlossen, sich doch für einen Moment zu vereinigen und einen Gedanken zu bilden.

»Wenn die Polizei dann reinkommt, wird sie denken, dass dieser Polizist sie mit nach Hause genommen und dort kaltblütig erschossen hat.«

Cristóbal grinste beim Gedanken an diesen Plan. Der andere Leibwächter, Jerónimo, schloss sich ihm an. »Und dann hat Herr Bollo kein Problem mehr mit lästigen Schnüfflern!«

»So ähnlich, ja«, antwortete Delgado, froh, dass sie es begriffen. »Und von jetzt an will ich kein Wort mehr hören. Sie dürfen nicht alarmiert werden!«

Die drei Männer schlichen zur Haustür. Lautlos öffnete Cristóbal die Tür.

Sie erklommen die Treppe und postierten sich vor der Tür von Raúls Appartement. Cristóbal demonstrierte noch einmal seine Künste und öffnete leise die Tür. Jéronimo betrat das Appartement als Erster. Es war vollkommen dunkel. Delgado und Cristóbal folgten geräuschlos.

Delgado spähte in der Dunkelheit durchs Wohnzimmer. Dort war niemand zu sehen. Er wies mit dem Kopf auf die Tür zum Schlafzimmer. Cristóbal und Jerónimo nickten zum Zeichen, dass sie verstanden hatten. Kurz nacheinander betraten sie das Schlafzimmer.

Schon bald standen sie wieder im Wohnzimmer und zuckten ratlos die Schultern. Sie hatten niemanden gefunden. Delgado sah seine Helfer verblüfft an. Wo waren sie dann?

Er überprüfte die Toilette, das Badezimmer und einen Abstellraum. Alles war leer.

»Wie konnte das passieren?«, schimpfte Delgado. »Wir haben sie entkommen lassen!«

Er sah kurz aus dem Fenster, aber auch dort konnte er niemanden entdecken. Cristóbal und Jerónimo standen ein wenig bedeppert herum. Zum zweiten Mal innerhalb kürzester Zeit waren ihnen ihre Opfer entwischt. Bollo würde toben.

Delgado dachte nach. Sein Blick fiel auf einen großen Holzschrank neben dem PC.

»Wartet«, sagte er verzweifelt. »Sam Smith wird mich nicht auf den Arm nehmen. Kontrolliert alles. Durchsucht alle Schränke, schaut unter das Bett und unter die Stühle. Sie müssen sich doch *irgendwo* versteckt haben.«

»Schnell, wir müssen zusehen, dass wir wegkommen«, sagte Sam. Er öffnete die Kellertür und schaute in den Gang. Keiner zu sehen. Zusammen mit Daphné und

Demis rannte er zur Haustür und öffnete sie so leise es ging.

»Welche Richtung?«, flüsterte Daphné.

Sam hatte keine Ahnung, aber am Wichtigsten war jetzt Schnelligkeit.

»Links.«

Ohne sich weiter umzusehen, schossen sie auf die Straße. Sie rannten, solange ihre Lungen Sauerstoff hergaben. Als sie weit genug weg waren, hielten sie an, um zu verschnaufen.

»Ich bin froh, dass du sie hast kommen sehen, Sam«, keuchte Demis. »Sonst hätten sie uns im Schlaf überrascht!«

Sam beugte sich weit vor und atmete tief ein und aus.

»Wir haben Glück gehabt«, sagte er, »aber wie lange sind wir sicher? Delgado gibt nicht auf, bis er uns erwischt hat!«

Sie schwiegen alle drei. Sam hatte recht. Sie hatten ihre Nase zu weit in dieses Wespennest gesteckt. Und die Wespen würden keine Ruhe geben. Sam ging weiter.

»Es gibt nur eins. Wir haben gesagt, dass wir uns Bollo vornehmen würden und das müssen wir auch machen. Er jagt uns, nun, dann werden wir ihn eben auch jagen!«

Daphné stimmte ihm zu.

»Richtig, wir müssen uns für den Angriff entscheiden«, sagte sie. »Wenn wir den Diamanten haben, können wir zur Polizei gehen und beweisen, dass er nicht Bollo gehört. Und mit Raúls Akten wandern Bollo und Delgado jahrelang ins Gefängnis.«

Es klang einfach, aber Sam war nicht sicher, ob es das auch war.

Demis machte ein besorgtes Gesicht. »Und wie wollt ihr das anpacken? Wir wissen nicht mal, wo Bollo gerade ist.«

Daphné hatte nicht vor, sich entmutigen zu lassen. »Du hast doch selbst gesagt, dass er den Diamanten wahrscheinlich mit nach Hause genommen hat? Dann schlage ich vor, dort anzufangen.«

Sam war verblüfft. Vorhin hatte Daphné ihn noch beschimpft, er sei wohl verrückt geworden, als er vorschlug, bei Bollo einzubrechen. Jetzt dachte sie ganz anders darüber. Sie war vermutlich nur müde gewesen.

»Du hast vollkommen recht, Daphné«, sagte Sam, »aber du vergisst ein winziges Detail.«

»Was denn?«

»Wir wissen nicht, wo Bollo wohnt ...!«

Es wurde wieder still. Ihre Angriffslust machte kurzfristig der Niedergeschlagenheit Platz. Bei Daphné dauerte so etwas jedoch nie lange.

»Wenn ihr glaubt, dass ich hier sitzen bleibe, bis Bollos Adresse vom Himmel fällt, habt ihr euch geschnitten! Ich mache mich auf die Suche nach dieser Adresse, starrt ihr ruhig weiter nach oben. Sollte was fallen, ruft mich!«

Noch bevor Sam und Demis etwas sagen konnten, war Daphné schon fünf Meter entfernt. Sie schauten sich an, zuckten die Schultern und gingen ihr hinterher.

»Hast du eine Idee oder spazierst du einfach auf gut Glück weiter?«, fragte Demis mit einem Lächeln.

»Ich glaube, es fängt an zu regnen, vielleicht sollten wir doch noch ein bisschen warten, ob Bollos Adresse mitkommt!«, sagte Sam.

Daphné stapfte hitzig weiter, aber Sam konnte doch ein kleines Lächeln um ihre Mundwinkel ausmachen. Sie mussten jetzt vor allem zusammenbleiben. Sie saßen alle im selben Boot, wenn Daphné also nach Bollos Adresse suchen wollte, mussten er und Demis dabei helfen.

Daphné blieb vor einem Laden stehen, der die ganze Nacht geöffnet hatte. *El lobo rojo* war auf das Schaufenster gemalt.

»Der rote Wolf«, übersetzte Demis. »Was für ein seltsamer Name.«

»Was hast du jetzt eigentlich vor, Daphné?«, fragte Sam. Daphné zuckte die Schultern. »Nun, ich dachte, wir nehmen einfach ein Telefonbuch und suchen darin Bollos Adresse.«

Das war sicher kein schlechter Plan, ganz gewiss nicht, aber Sam doch ein wenig zu einfach.

»So einer wie Ditor Bollo hat doch sicher eine Geheimnummer.«

»Tja, es gibt nur eine Möglichkeit, das in Erfahrung zu bringen!«, sagte Daphné fest entschlossen. »Demis, fragst du danach?«

Demis nickte. »Demis Lagos, Dolmetscher und Übersetzer, stets zu Diensten.«

Er drückte die Ladentür auf und trat ein, gefolgt von Sam und Daphné. An der Verkaufstheke saß eine Frau mit braunen Locken und malte. Sie sah kurz auf und nickte, konzentrierte sich dann aber wieder auf ihr Bild. Offensichtlich schauten hier nicht gerade viele Kunden rein.

Als Demis die Dame um ein Telefonbuch bat, sah sie ihn forschend an. Sie war misstrauisch. Jemand, der mitten in der Nacht um ein Telefonbuch bittet? Das könnte ein guter Trick sein, sie zu bestehlen.

Nachdem sie ihre Besucher eine Weile begutachtet hatte, ging sie doch durch eine kleine Tür nach hinten, um ein Telefonbuch zu suchen. Sam sah sich um. Es war ein Laden wie ein Dutzend andere Rund-um-die-Uhr-Geschäfte auch. An den Wänden waren Getränke und Lebensmittel in hohen Regalen gestapelt. Alles zu überhöhten Preisen. Hier kaufte man nur ein, wenn die meisten anderen schon geschlossen hatten.

Vor der Theke lagen einige Zeitschriften. Sam nahm eine mit dem Titel *El Financiero* und blätterte darin, Das Blatt enthielt viele Zahlen und nur hier und da ein Interview mit Fotos.

Die Frau kam wieder in den Verkaufsraum und reichte Demis wortlos das Telefonbuch. Der blätterte hastig, auf der Suche nach dem Buchstaben *B*. Daphné schaute über seine Schulter mit hinein.

»Kein Bollo zu finden in Barcelona.«

Die Enttäuschung in Demis Stimme war nicht zu überhören. Er klappte das Telefonbuch zu.

»Was jetzt?«

Sam dachte nach.

Ohne richtig hinzuschauen, blätterte er weiter durch das Finanzmagazin. Im nächsten Moment blickte er geradewegs in die Augen des Mannes, der für sein ganzes Elend verantwortlich war. Bollos feindseliger Blick brannte sich in seine Netzhaut. Erschrocken ließ er die Zeitschrift fallen.

Daphné und Demis sahen ihn erstaunt an.

»Sam? Was ist los?«, fragte Daphné beunruhigt.

Innerhalb weniger Augenblicke hatte sich Sam wieder erholt. Er raffte die Zeitschrift vom Boden auf und suchte wie ein Rasender nach der Seite, die er zuletzt betrachtet hatte.

Die Besitzerin war nicht erfreut über den Sport, den Sam gerade erfunden hatte: Zeitschriftenwerfen.

»Tendrás que pagarlo, chico!«

Sam sah von der Zeitschrift auf.

»Was?«

»Sie sagt, du musst die Zeitschrift bezahlen«, übersetzte Demis.

»Kein Problem, wir brauchen sie sowieso«, antwortete Sam. »Bezahlst du sie, Demis? Und komm dann gleich nach draußen.«

Er ließ Demis keine Zeit zum Reagieren. Sam fasste Daphné am Arm und zog sie aus dem Laden.

»Bezahl du mal eben, sagt er«, murmelte Demis. »Ich habe doch keinen Goldesel! Hat mir wohl nicht richtig zugehört bei meiner Lebensgeschichte?«

Er bezahlte und folgte Sam und Daphné nach draußen.

Die Zeitschrift lag auf Sams Schoß. Auf der linken Seite war ein großes Foto von Ditor Bollo, der vor einem Landgut posierte.

»Ist das sein Haus?«, fragte Demis.

»Das weiß ich nicht, aber ich vermute schon«, antwortete Sam. »Hier, lies mal. Vielleicht wird es im Text erwähnt.«

Sam reichte Demis das Magazin. Der ließ seinen Blick über Fotos und Text wandern.

»Und?«, fragte Daphné ungeduldig.

»Einen Augenblick Geduld«, sagte Demis leise, ohne aufzusehen.

Als er fertig war, klappte er die Zeitschrift zu und starrte in die Ferne. Er war in tiefes Grübeln versunken. Daphné und Sam starben fast vor Neugier. Das war nicht der richtige Moment, ihre Geduld auf die Probe zu stellen.

»Ich habe gute Neuigkeiten, schlechte Neuigkeiten und gute Neuigkeiten«, sagte Demis nach einer Weile. »Eine gute ist, dass das Haus auf dem Foto wirklich Ditor Bollos Haus ist.«

Während er sprach, rollte er die Zeitschrift zusammen.

»Die schlechte Nachricht ist, dass nirgends steht, wo dieses Haus zu finden ist.«

Sam und Daphné zogen ein betrübtes Gesicht. Sie waren immer noch keinen Schritt weiter.

»Und die zweite gute Nachricht?«, fragte Sam.

»Die zweite gute Nachricht«, sagte Demis und sah sie an, »ist, dass ich weiß, wo dieses Haus steht!«

»Gut so!«, rief Daphné begeistert. »Worauf warten wir dann noch?«

Die Frage blieb ein Weilchen zwischen ihnen hängen. Die Antwort kam von Sam.

»Tja, vielleicht auf einen Plan?«

Demis nickte. »Was machen wir, wenn wir dort ankommen?«

Darüber hatte sich keiner der drei Gedanken gemacht. Es klang alles so logisch: zu Bollo gehen, ihm den Diamanten wegnehmen und dann mit Raúls Hilfe Bollo und Delgado ins Gefängnis werfen. Das war doch im Handumdrehen zu erledigen?

Aber die Villa würde streng bewacht werden. Und *wenn* es ihnen gelänge einzubrechen, was dann? Bollo würde nicht gerade vor Angst zittern, wenn er sie sah. Er war so auf den Diamanten fixiert, dass er ihn mit allen Mitteln verteidigen würde.

»Das hat alles keinen Sinn mehr«, sagte Demis. »Ditor Bollo ist eine Nummer zu groß für uns. Zu dritt haben wir keine Chance.«

Demis hatte recht. Sie brauchten Hilfe. Und auf einmal wusste Sam, wo er die finden würde. Er war wütend auf sich selbst, dass er nicht früher daran gedacht hatte, aber bei all den Lügen rund um die Legende von Don Carlos war es schwierig, im Blick zu behalten, wem man noch vertrauen konnte und wem nicht.

»Du hast vollkommen recht, Demis. Bollo ist eine Nummer zu groß für uns und wir brauchen Hilfe. Also werden wir die suchen. Weißt du noch, was ich dir von meiner Verhaftung erzählt habe?«

Demis nickte.

»Das war ganz in der Nähe von *La Piedra Preciosa*. Kannst du uns wieder dorthin bringen?«

»Natürlich«, antwortete Demis, »aber ich verstehe nicht ganz, was du bei *La Piedra Preciosa* suchen willst.«

»Dort habe ich auch nichts zu suchen. Aber der Ort, den ich suche, ist nicht weit davon entfernt. Komm, ich erkläre dir alles unterwegs.«

Sam dachte nach. Vom Gebäude der *La Piedra Preciosa* musste er doch in der Lage sein, den Weg zum spanischen Geheimdienst zu finden.

19

Gewagtes Spiel

Einen Tag später stand Sam allein in einer kleinen Gasse in Barcelona. Es war dieselbe, in der Cristiano am Tag zuvor Bollo getroffen hatte. Es war auch ungefähr zur selben Zeit, denn es begann zu dämmern.

Nichts in der Gasse verriet, dass dort ein Mord verübt worden war. Delgado hatte alle Spuren beseitigt. Alle Beweise, die auf Bollo deuten konnten, waren entfernt worden.

Sam fühlte sich nicht wohl. Ein kalter Wind strich über seinen Nacken und verursachte ihm Gänsehaut. Warum hatten sie bloß diesen Ort als Treffpunkt gewählt?

Ein großes dunkles Auto bog in die Gasse ein. Sam holte tief Luft. Ruhig bleiben. Oder zumindest versuchen, ruhig auszusehen, denn das Herz schlug ihm bis zum Hals. Das Auto hielt zehn Meter vor Sam.

Cristóbal stieg aus dem Wagen. Als er Sam sah, zog ein breites Grinsen über sein Gesicht. Ein Grinsen, das ein »Jetzt hab ich dich!« ausdrückte. Er ging langsam auf Sam zu und bedeutete ihm, die Arme über den Kopf zu halten. Sam gehorchte. Cristóbal durchsuchte ihn gründlich. Er fand nur einen MP3-Spieler in Sams Tasche. Ohne ihn näher anzusehen, steckte er ihn wieder zurück.

Als er fertig war, schlenderte er zum Auto zurück, öffnete die hintere Tür und steckte seinen Kopf hinein, um zu berichten, dass alles gesichert sei.

Cristóbal trat einen Schritt zur Seite und Ditor Bollo hievte sich aus dem Auto. Auf einen hölzernen Spazierstock gestützt, stellte er sich vor Sam. Er hatte das gleiche Grinsen im Gesicht wie Cristóbal. Inzwischen war auch Jerónimo ausgestiegen. Die beiden Leibwächter postierten sich hinter ihrem Boss.

»Schau einer an, wenn das nicht Sam Smith ist!«, sagte Bollo. »Ich muss gestehen, dass du mich mit deinem Erscheinen hier überraschst. So überrascht war ich nicht mehr, seit mir mein Vater vor fünfzig Jahren zu Weihnachten eine Tracht Prügel verabreichte, statt mir ein Geschenk zu geben. Na ja, er konnte auch nicht wissen, dass es mein Bruder war, der ihm Zucker in den Tank geschüttet hatte.«

Sam sagte nichts. Er hatte nur ein Ziel: den Diamanten an sich zu bringen. Wenn er den in die Finger bekam, wäre alles ausgestanden und er konnte nach Hause gehen. Bollo hatte unterdessen ein Blatt Papier aus seiner Tasche genommen.

»Dann ist das also von dir«, sagte Bollo und las laut vor: »Ich kenne das Geheimnis des Diamanten. Kommen Sie heute Abend mit dem Diamanten zu Cristianos letzter Ruhestätte.«

Er knüllte das Papier zusammen und steckte es wieder in seine Tasche.

»Ich muss zugeben, dass ich erst nicht vorhatte zu kommen. Das klang doch etwas sehr vage.«

Sam dachte nach. Es war tatsächlich etwas durchsichtig gewesen.

Aber alles in allem doch ein guter Plan, denn Bollo stand ja jetzt vor ihm.

»Aber meine Neugier hat den Sieg über mein Misstrauen davongetragen. Und hier bin ich.« Bollo lächelte. »Ein etwas schauriger Ort, meinst du nicht? Woher wusstest du eigentlich, wo Cristiano ... gestorben ist?«

Sam hatte seine Geschichte gut vorbereitet. »Raúl hat es mir erzählt.«

»Ah, dieser nervige Polizist. Es wird Zeit, dass Delgado mal mit ihm abrechnet. Der hat uns schon genug Ärger bereitet.«

»Was haben Sie mit Cristiano gemacht?«, fragte Sam.

Bollos Lächeln verschwand. »Na, na, na, ich hatte fast vergessen, wie frech du bist. Haben dir deine Eltern keinen Respekt beigebracht? Aber ich werde deine Fragen zum Teil beantworten. Cristiano hatte sich nicht gut abgesichert. Er war ganz allein, so wie du. Sobald ich den Diamanten besaß, hatte er keinerlei Nutzen mehr. Und wenn jemand von keinerlei Nutzen mehr ist, hat er keine Existenzberechtigung mehr. Verstehst du?«

Sam nickte. Genau das hatte er hören wollen.

»Du kennst also das Geheimnis des Diamanten?«, fuhr Bollo fort.

Sam nickte wieder.

»Ja.«

»Ich will ja meinerseits nicht unhöflich sein, indem ich dumme Fragen stelle, aber was ich nicht verstehe: Wie bist du hinter dieses Geheimnis gekommen? Du hast den Diamanten kaum in Händen gehabt!«

Auch auf diese Frage war Sam vorbereitet.

»Bevor Cristiano ihn mir gestohlen hat, hatte ich genügend Zeit, mich mit ihm zu beschäftigen. Da habe ich das Geheimnis entdeckt.«

Bollo stieß seinen Spazierstock fest auf den Boden.

»Das ist ja ein starkes Stück! Wissenschaftler haben den Diamanten jahrhundertelang erforscht und nichts gefunden. Aber der Herr hier hat ihn eine Stunde oder so und *schnipp*: Er entdeckt das Geheimnis! Sag selbst: Das klingt nicht besonders glaubwürdig, oder?

Sam zuckte die Achseln. »Das müssen Sie selbst herausfinden. Was haben Sie zu verlieren?«

»Ich? Nichts! Der Einzige, der etwas zu verlieren hat, bist du, wenn du nicht die Wahrheit sprichst! Nenne mir einen guten Grund, weshalb ich dir glauben sollte.«

»Ich glaube, dass die Reichtümer von Don Carlos Grund genug sind«, sagte Sam. »Aber umsonst ist das nicht.«

»Das habe ich schon befürchtet«, seufzte Bollo. »Du willst natürlich etwas im Gegenzug für dein Geheimnis. Immer angenommen, dass du es wirklich kennst.«

Die Art, wie Bollo das sagte, zeugte nicht gerade von großer Überzeugung.

»Was würdest du dann wollen? Einen Teil des Geldes? Eine Villa in Südfrankreich? Oder einfach Geld für eine neue Windel?«

Cristóbal und Jerónimo prusteten vor Lachen. Bislang hatten sie reglos zugehört, aber jetzt konnten sie sich nicht mehr beherrschen.

Bollo brachte sie mit einer knappen Handbewegung zum Schweigen.

»Ruhe! Ich glaube, der Kleine will etwas sagen.«

Sam räusperte sich. »Ich will kein Geld.«

»Aber zweifelsohne etwas anderes«, merkte ein erstaunter Bollo an.

Sam bestätigte. »Stimmt. Erstens ...«

»Erstens? Du willst mehr als eine Sache? Pass nur auf, Sam Smith, du weißt, was ich mit Menschen mache, die zu viel von mir fordern!«

Sam ließ sich nicht beirren. »Für das, was ich Ihnen geben kann, werden Sie vielleicht eine Ausnahme machen. Erstens will ich, dass Sie Demis Lagos Ehre wiederherstellen, damit er irgendwo Arbeit finden kann.«

»Pff«, reagierte Bollo. »Dieser naive Nichtsnutz! Aber gut, ich werde darüber nachdenken. Was noch?«

»Zweitens will ich zwei Flugtickets nach England, damit meine Freundin und ich dieses Land verlassen können, und zwar Business Class!«

Letzeres hatte er nicht vorbereitet, das war ihm gerade so eingefallen.

»Und drittens will ich, dass die Untersuchung, die gegen mich läuft, eingestellt und die Akte darüber vernichtet wird.«

Bollo brauchte nicht lange über Sams Forderungen nachzudenken.

»Das müsste machbar sein. Du fängst an mir zu gefallen, Sam Smith. Du bist nicht so gierig wie das Gesindel, mit dem ich normalerweise verhandele. Glaub mir, in der Versicherungswelt gibt es nur habgierige Menschen. Jeder Verlust kann mit Geld ausgeglichen werden.«

Bollo wandte sich kurz an seine Leibwächter.

»Schaut euch diesen Jungen nur mal gut an. Der ist schlauer als viele Erwachsene. Er denkt zumindest einen Schritt weiter. Denn wer hat was vom Geld, wenn er jahrelang ins Gefängnis geht?«

Er drehte sich wieder zu Sam um.

»War das alles?«

Sam wollte noch eins wissen.

»Nein. Warum haben Sie mich eigentlich bei der Polizei zum Verdächtigen gemacht?«

Bollo runzelte die Augenbrauen. »Tja ... nimm's nicht persönlich, Sam. Wenn es dich tröstet – eigentlich wollten wir dich sofort umbringen. Dann wärst du gleich von allem erlöst gewesen. Aber im Hotel bist du meinen beiden Helfern hier entkommen.«

Cristóbal und Jerónimo starrten zu Boden. Einen kleinen Jungen entwischen zu lassen war ihrer Ehre als Verbrecher nicht gerade förderlich. Und es war ja nicht nur einmal passiert.

»Um zu verhindern, dass du selbst zur Polizei gehst, und man in den Angelegenheiten von La Piedra Preciosa herumschnüffelte, haben wir dich eben zum Verdächtigen gemacht. Mit Delgado in unseren Reihen war das ein Kinderspiel. Aber ich muss schon sagen, die anderen Polizisten haben es uns nicht leicht gemacht, indem sie dich entkommen ließen.«

Sam dachte kurz an den armen Pedro, den er hypnotisiert hatte. Er hoffte, dass er sich wegen seiner Flucht nicht zu viel hatte anhören müssen.

»Hätte die Polizei Ihre Angelegenheiten untersucht, hätte sie herausfinden können, dass die Legende von Don Carlos verfälscht wurde«, sagte Sam.

Bollo nickte.

»Wie kommt es eigentlich, dass noch nie jemand erkannte, wie es sich wirklich zugetragen hat?«, fragte Sam.

»Oh, es gibt einige Forscher, die der Wahrheit auf die Spur gekommen sind«, antwortete Bollo. »Manche von ihnen genießen ihr Geld in einem tropischen Paradies. Und diejenigen, denen die Wahrheit wichtiger war als ein Haufen Geld, tja, die ... Ich nehme an, unsere Arbeitsweise ist dir mittlerweile bekannt, nicht wahr?«

Bollo brauchte keine weiteren Einzelheiten zu erwähnen. Sam bedauerte die Forscher, die Delgado stolz ihre Befunde präsentiert hatten. Bevor sie es wussten, wurden sie erpresst, korrumpiert oder ermordet.

Bollo unterbrach Sams Gedanken. »Ich will nichts überstürzen, mein lieber Sam, aber wir wissen beide, weswegen wir hier sind. Wenn es also nicht zu viel verlangt ist, würde ich gern zu unserem Deal übergehen. Erzähl mir doch einmal, was deiner Ansicht nach hinter dem Diamanten von Don Carlos steckt.«

Das war der Moment, in dem Sam bluffen musste. Sein wichtigstes Ziel war, den Diamanten zu Gesicht zu bekommen. Er durfte nichts sagen, bevor er wirklich sicher war, dass Bollo ihn auch tatsächlich dabeihatte.

»Ich kann Ihnen das Geheimnis nicht enthüllen, ohne es zu demonstrieren«, sagte er.

»Wie meinst du?«, fragte Bollo verständnislos.

»Das Geheimnis hat mit dem Diamanten selbst zu tun«, erklärte Sam. »Der Diamant führt nicht zum Geheimnis, sondern er *ist* das Geheimnis.«

»Nun, dann sag mir, was ich machen soll«, sagte Bollo.

»Das geht nicht«, sagte Sam. »Das muss ich selbst machen. Wenn man es noch nie getan hat, ist es schwierig. Aber ich habe es schon mal getan.«

Bollo sah Sam nach diesen rätselhaften Worten fragend an. Die Leibwächter starrten stumpf vor sich hin, doch das taten sie sowieso den überwiegenden Teil der Zeit.

»Ich bin nicht sicher, ob ich verstehe, was du meinst«, sagte Bollo langsam, »aber was du sagen willst, ist, dass du den Diamanten brauchst, um das Geheimnis zu erläutern?«

»Stimmt.«

»Dann haben wir ein kleines Problem. Ich habe den Diamanten nicht bei mir. Er ist mir ein wenig zu kostbar, um damit einfach so über die Straße zu laufen. Ehe man es sich versieht, wird er einem von einer finsteren Gestalt aus der Tasche gestohlen!«

Sam konnte über diesen Seitenhieb nicht lachen. Dass Bollo den Diamanten nicht bei sich hatte, machte ihm einen Strich durch die Rechnung. Sam musste erfahren, wo er ihn aufbewahrte.

»Und wo ist er?«, fragte Sam.

»An einem sicheren und streng bewachten Ort«, antwortete Bollo. »Du wirst mich wohl oder übel begleiten müssen. Dann kannst du mir das Geheimnis zeigen und ich kann deine Wünsche erfüllen.«

Sam zögerte. So würde er wie ein zahmes Schäfchen in die Arme des Gegners laufen, vor dem er seit Tagen auf der Flucht war. Aber er hatte keine Wahl – er musste das Spiel bis zum bitteren Ende mitspielen.

Bollo hielt einladend die Tür auf und Sam stieg ein.

»Sei willkommen in meinem Auto, Sam Smith. Ich hätte nicht erwartet, dich je noch zu mir nach Hause einzuladen.«

Es gab allerdings noch ein bisschen mehr, was Bollo nicht erwartet hätte.

20

Geplatzte Träume

Das Landgut von Ditor Bollo war von einer hohen Steinmauer umgeben und als einzigen Zugang gab es ein schweres Eisentor. Mit einem Wassergraben wäre es eine mittelalterliche Burg gewesen.

Als Bollos Auto die Straße verließ und auf das Tor zufuhr, öffnete es sich von selbst. Sam staunte. Er erkannte das Haus aus dem Finanzmagazin, aber in Wirklichkeit war es noch viel größer und schicker.

Sam saß neben Bollo auf der Rückbank. Seit ihrer Abfahrt aus der Gasse hatten sie kein Wort mehr gewechselt. Eine unangenehme Stille füllte den Wagen. Sam fragte sich, was ihm bevorstand. Laut Plan hätte er den Diamanten in der Gasse erobern sollen. Jetzt war es höchste Zeit für Plan B. Nur gab es den nicht.

Jerónimo fuhr den Wagen in die Garage. Dort stiegen die Leibwächter aus und öffneten dienstbeflissen die Hintertüren.

Sam folgte Bollo durch eine Tür ins Wohnzimmer. Das sah aus wie der Rest des Landguts: schick, aber altmodisch. Die Möbel waren aus schwerer, dunkelbrauner Eiche. An den Wänden hingen große Gemälde und kleine Perserteppiche. Auf dem Boden lag ein brauner Fellvorleger. Sam schauderte; der Bärenkopf am Ende des Teppichs sah aus, als würde er jeden Moment zubeißen wollen. Neben all den antiken Möbeln gab es jedoch auch einen Computer und einen Fernseher. Dadurch schwand Sams Gefühl, mit einer Zeitmaschine hundert Jahre zurückgereist zu sein.

Bollo machte sich nicht die Mühe, Sam eine Führung durch sein Haus anzubieten. Er nahm die Fernbedienung seines Fernsehers in die Hand und drückte auf einen Knopf. Zu Sams Erstaunen sprang nicht der Fernseher an, sondern der Schrank, in dem er stand, schob sich einen Meter zur Seite. Eine Stahltür wurde sichtbar.

»Jerónimo.«

Der Leibwächter ging untertänig zu seinem Boss.

»Deine Pistole.«

Jerónimo händigte ihm seine Waffe aus. Bollo richtete sie auf Sam.

»Es tut mir leid, , Sam, aber bei diesem Diamanten gehe ich kein Risiko mehr ein.«

Was meinte er mit »kein ... mehr«? Hatte er davor etwas riskiert? Das musste so sein, sonst hätte er den Diamanten vor ein paar Tagen nicht verloren.

»Wer hat den Diamanten denn beim letzten Mal gestohlen?«, fragte Sam, neugierig wie immer.

Bollo seufzte. Er hatte es noch immer nicht überwunden.

»Eine meiner Forscherinnen. Sie war erst ein halbes Jahr bei mir beschäftigt, aber sie verbuchte gute Ergebnisse. So schien es zumindest. Sie kam mit sehr akzeptablen Theorien, doch sie erwiesen sich jedes Mal wieder als falsch.«

Bollo starrte kurz vor sich hin. »Aber sie war so schön …«, sinnierte er.

Sam vermutete, dass es diese Forscherin gewesen war, die ihm den Diamanten vor das Hotelzimmer gelegt hatte.

»Auf jeden Fall«, fuhr Bollo fort, »bin ich so dumm gewesen, ihr zu vertrauen. Sie sagte, der Diamant müsse an eine bestimmte Stelle gebracht werden. Sie hatte sich eine ganze Theorie zurechtgelegt. Wenn die Sonne zu einer bestimmten Uhrzeit auf den Diamanten schien, würde dieser offenbaren, wo das Gold liege.«

Bollo zog einen Schlüssel aus seiner Tasche und öffnete die Stahltür.

»Und ehe ich mich versah, war sie mit dem Diamanten durchgebrannt. Jerónimo und Cristóbal haben sie noch verfolgt, sie aber nicht mehr gefasst.« Bollo sah seine Helfershelfer vernichtend an.

»Wenn ich genauer darüber nachdenke: Habt ihr in der letzten Zeit überhaupt mal jemanden erwischt?«

Jerónimo und Cristóbal sahen sich an. Ersterer verzog sein Gesicht zu einer Grimasse, der Zweite kratzte sich am Schädel. Jerónimo entschied sich, diese Frage nicht zu beantworten. Alles, was er sagte, würde falsch sein. Cristóbal wagte doch einen Versuch.

»Cristiano haben wir …«

»Cristiano! Natürlich!«, rief Bollo. »Den hatte ich schon wieder vergessen. Nun, das war auch ganz schön schwierig, was? Der lief uns geradewegs in die Arme, die gute Seele! Aber nun ja ...«

Bollo wandte sich Sam wieder zu.

»Ich will unseren Gast nicht mit unseren internen Problemen belästigen. Wo war ich stehen geblieben? Ach ja, genau, diese Hexe hatte sich also mit dem Diamanten aus dem Staub gemacht, die restliche Geschichte kennst du, sie ist ja deine.«

Sam nickte.

»Darf ich dich dann bitten, mir zu folgen?«

Sam ging zur Tür. Bevor er über die Schwelle trat, schaute er noch kurz durch ein Fenster ins Freie. Er hätte schwören können, eine Bewegung in den Büschen um das Haus gesehen zu haben.

»Jerónimo, Cristóbal, sorgt dafür, dass ich nicht gestört werde!«, rief Bollo noch, bevor er die Tür hinter sich schloss.

Sie gingen etwa zehn Meter durch einen dunklen Gang. Bollo hielt vor einer weiteren Tür und zückte wieder einen Schlüssel. Der Raum, den sie betraten, wirkte wie ein großes Labor. Links und rechts standen Regale mit fremdartigen Instrumenten und Fläschchen mit Flüssigkeiten in allen Farben. An der hinteren Wand sah Sam einen Schrank voller alter Bücher.

Mitten im Zimmer standen einige Tische. Auch sie waren übersät von Töpfchen, Zangen, Skalpellen, Röhrchen, Löffeln und Messern und noch etlichen

Dingen mehr, deren Namen Sam nicht kannte. Das war also der Raum, in dem Bollo den Diamanten untersuchte. Er vermittelte Sam ein beklemmendes Gefühl, als würde er ihn nie wieder verlassen dürfen.

»Willkommen in meinem Arbeitszimmer. Du fragst dich, wo der Diamant ist, was?«, sagte Bollo, als er Sams suchenden Blick sah. Er zeigte auf einen seltsamen eisernen Stuhl an einem der Tische.

»Setzt dich dorthin, ich hole ihn dir.«

Bollos Freundlichkeit war äußerst verdächtig. Als würde ihm eine Schlange raten, ruhig in einen Apfel zu beißen. Trotzdem setzte sich Sam auf den Stuhl. Kaum hatte er Platz genommen, schoss ein dickes Seil aus der Lehne und rutschte über Sams Bauch durch ein Loch auf der anderen Seite der Lehne. Sam hörte ein Klicken und spürte das straff gespannte Seil um seine Taille. Aufstehen war unmöglich geworden.

Bollo machte ein zufriedenes Gesicht. »Ich wusste, dass mir dieses Spielzeug noch Freude bereiten würde. Nur schade, dass es ein gewöhnliches Seil ist und kein Eisendraht, das hat der Hersteller nicht dazu gesagt.«

Sam versuchte, samt Stuhl aufzustehen, aber der bewegte sich keinen Millimeter. Er sah nach unten und erkannte die Ursache: Die Beine waren mit schweren Dübeln am Fußboden befestigt.

»Tut mir leid, Sam, aber ich muss auf Nummer sicher gehen. Du bist der erste Mensch, der diesen Raum betritt und kein Wissenschaftler ist. Ich werde dich nicht mit dem Diamanten weglaufen lassen!«

Sam zog an dem Seil, aber auch das gab nicht nach. Er hatte sich ziemlich leicht fangen lassen. In der Schule hatten sie ihn nie vor so etwas gewarnt. Wenn er je hier rauskam, würde er dafür sorgen, dass es in den Lehrplan aufgenommen würde. Aber darum konnte er sich später kümmern.

Bollo steckte die Pistole in seine Tasche und öffnete mit einem kleinen Schlüssel eine Luke im Tisch vor Sam. Er schloss den Tresor auf und entnahm ihm ein Döschen.

»Es ist ein wundervoller Stein, findest du nicht auch?«, fragte Bollo, während er den Diamanten in seiner Hand bewunderte.

Sam fand, es sei nicht der geeignete Moment, ihm zu widersprechen, und nickte. Bollo betrachtete das Kleinod wie ein verliebter Teenager.

»So schön, aber zugleich so rätselhaft ...«

Plötzlich neigte sich Bollo ganz dicht zu Sam hinüber.

»Aber das wirst du ändern! Sag mir, was ich machen soll.«

»Ich glaube wirklich, es ist am besten, wenn ich das selbst tue«, protestierte Sam.

»Keine Mätzchen, Sam«, zischte Bollo ihm zu. »Wenn du es kannst, kann ich das auch. Wir bleiben hier so lange, bis du redest.«

Sam ruckte noch einmal an dem Seil. Es war noch immer keine Bewegung möglich.

Er musste sich etwas ausdenken!

»Nun, man braucht eine Menge Werkzeuge«, begann Sam.

»Kein Problem«, sagte Bollo. »Hier gibt es alles. Sag nur, was ich brauche.«

Sam betrachtete die Regale hinter Bollo. Er musste Bollo dazu bringen, ihm den Rücken zuzuwenden.

»Zunächst müssen Sie dafür sorgen, dass der Diamant sehr gut festsitzt. Er darf sich nicht mehr bewegen.«

»Ah, eine Schraubzwinge! Die habe ich hier irgendwo.«

Bollo drehte sich um und suchte im Regal nach dem Klemmwerkzeug.

Blitzschnell zog Sam seinen MP3-Spieler aus der Hosentasche. Er drückte kurz auf die Vorspultaste. Eine kleine Menge Tränengas sprühte Sam in die Augen. Verflixt, falscher Knopf. Die Tränen sprangen aus seinen Augen und er musste heftig husten. Schnell verbarg er das Gerät unter seiner Hand.

Bollo hatte inzwischen die Klemme gefunden und sah Sam forschend an.

»Was ist los?«

»Nichts«, keuchte Sam. »Ich glaube, dass ich ..., dass ich ... dass es von diesen Flüssigkeiten in den Fläschchen kommt.«

Er wischte sich mit der freien Hand die Tränen aus den Augen. »Aber es geht schon wieder.«

Bollo hatte keine Lust, sich um eventuelle Allergieprobleme seines Gefangenen zu kümmern.

»Das ist auch gut so, denn ich brauche dich. Zumindest noch ein Weilchen. Äh, ich meine natürlich, noch ein Weilchen und du darfst nach Hause ...« Bollo wurde klar, dass er sich verplappert hatte.

Sams Befürchtungen wurden damit bestätigt: Bollo hatte ganz und gar nicht vor, ihn laufen zu lassen. Ihm stand dasselbe Schicksal bevor wie Cristiano.

Bollo suchte kurz nach Worten. »Ich weiß, was du denkst, Sam. Dass ich dich wie Cristiano umbringen werde. Das stimmt nicht. Ich mag ja ein harter Geschäftsmann sein, aber kleine Jungs ermorden, ist selbst für mich zu herzlos. Sobald das hier vorbei ist, darfst du bei Lagos in der Hütte wohnen. Von da an wirst du irgendwie selbst klarkommen müssen. Aber ...« Bollo drohte Sam mit dem Zeigefinger. »Wenn du mir danach noch einmal in die Quere kommst, werde ich weniger gnädig sein.«

Sam wusste nicht, ob er Bollo glauben sollte. Der Mann war zu allem fähig. Er beschloss, nicht zu warten, ob Bollo die Wahrheit sprach, sondern seinen eigenen Plan zu verfolgen.

»Können wir jetzt also weitermachen?«, fragte Bollo. »Was brauche ich noch außer dieser Schraubzwinge?«

Sam ließ seinen Blick über die Regale wandern. Dieses Mal musste er Bollo länger suchen lassen.

»Klemmen Sie den Diamanten gut fest. Danach brauchen Sie Folgendes: eine Flasche Sprudelwasser, ein kleines Messer, einen Schlüssel oder einen Schraubenzieher, zwei Schrauben, eine Laubsäge, eine Lupe und einen Bleistift.«

Bollo runzelte die Augenbrauen, als er diese seltsame Auflistung vernahm. Damit sollte er das Geheimnis des Diamanten entdecken?

»Du wirst mir doch nicht erzählen wollen, dass du zufällig eine Laubsäge in der Tasche hattest, als du den Diamanten gefunden hast?«, äußerte Bollo sein Misstrauen.

»Ich habe nicht gesagt, dass ich das Geheimnis des Diamanten kenne«, redete sich Sam schnell heraus. »Ich habe gesagt, dass ich weiß, wie man es entdeckt. Und dafür braucht man diese Gegenstände.«

Bollo zögerte kurz, klemmte den Diamanten dann aber doch in die Zwinge. Dann wandte er sich den Regalen zu. Es konnte nichts schaden, auszuprobieren, ob Sam recht hatte.

Sam betrachtete den MP3-Spieler noch einmal. Er versuchte, sich an den richtigen Knopf zu erinnern. Die Play-Taste? Er versuchte es. Im nächsten Moment erklang eine leise Melodie aus den Ohrstöpseln. Schnell drückte er auf Stopp. Er hätte es wissen müssen – das neue Spielzeug der Schule hatte nicht nur allerlei Tricks auf Lager, man konnte sogar Musik damit hören!

Sam sah zu Bollo. Der hatte zum Glück nichts mitbekommen. Sam drückte die Rückspieltaste. Uff, das war die richtige. Aus dem Player kam eine kleine Flamme. Sam drehte an der Lautstärke, um die Flamme zu vergrößern. Dann hielt er sie unter das Seil. Er sah, wie die Fasern langsam pulverisiert wurden.

»Du bist sicher, dass man einen Bleistift braucht?«, rief Bollo, der intensiv suchte. »Ich finde nämlich so schnell keinen.«

Das Seil war fast durch. Sam spürte, wie es an seiner Seite heiß wurde.

»Der Bleistift ist das Wichtigste von allem«, rief Sam als Antwort.

Die letzte Faser des Seils gab nach. Sam war frei! Er löschte die Flamme und stand leise auf. Er beugte sich vor und nahm den Diamanten aus der Schraubzwinge. Bollo hatte sie jedoch nicht gut befestigt und sie fiel klirrend zu Boden.

Bollo schrak auf. »Was ist denn da los? Kannst du nicht still sitzen?«

Er sah gerade noch, wie Sam durch die Tür flitzte. *Mit* dem Diamanten.

Bollo hievte sich hoch und nahm mit seinem steifen Körper die Verfolgung auf.

Sam lief durch den dunklen Gang. Bevor er sich fragen konnte, wie wohl die Tür aufging, öffnete sie sich von selbst. Im Durchgang stand Jerónimo. Sam rannte genau auf den Leibwächter zu, aber der wich nicht aus.

»Hoho, nur die Ruhe, Junge!«

Mit einer Hand packte er Sam im Nacken. »Hast du dich ein wenig verirrt? Komm nur brav mit mir, dann bringe ich dich wieder sicher nach Hause.«

Jerónimos Gesicht zeigte ein breites Grinsen. Sein Boss würde zufrieden sein.

Bollo, der am anderen Ende des Ganges wartete, zeigte die Zufriedenheit mit seinem Leibwächter nicht sofort, die Wut auf Sam jedoch umso mehr.

»Verdammt noch mal, du Rotzbengel! Dachtest wirklich, du könntest entkommen? Bring ihn hierher, Jerónimo. Ausnahmsweise standest du ja mal an der richtigen Stelle!«

Da es von Bollo kam, betrachtete Jerónimo das als Kompliment. Er verstärkte seinen Griff um Sams Nacken ein wenig und schob ihn zurück zum Labor.

»Ich hörte ein Poltern und dachte, ich schau wohl besser mal nach«, sagte Jerónimo. »Und da stürmte er auch schon auf mich zu. Ist ein zäher Kunde, das Jungchen!«

Bollo riss Sam den Diamanten aus der Hand.

»Gute Arbeit, Jerónimo. Und du ...«

Er sah Sam tief in die Augen. Die Verachtung stand ihm ins Gesicht geschrieben. »Du wirst mir nun das Geheimnis des Diamanten erzählen. Und keine Scherze diesmal, sonst ...«

Bollo strich sich mit dem Zeigefinger über die Kehle. Sam schluckte, ein Geheimnis preiszugeben, das man nicht kennt, ist nicht ganz leicht. Er versuchte nachzudenken.

»Wo ist Cristóbal?«, fragte Bollo Jerónimo.

»Oh, der hilft zwei Herren von den Gasbetrieben«, sagte Jerónimo.

»Von den was?«

»Von den Gasbetrieben. Offenbar gibt es ein Problem mit dem Gaszähler, den sie letztes Jahr installiert haben. In manchen Exemplaren dieses Modells könnte ein Leck sein. Darum ersetzen sie vorsichtshalber alle und bringen einen neuen an.«

Bollos Gesicht wurde feuerrot. Sam hatte sich manchmal gefragt, welche Farbe wohl die Hölle hätte, wenn es sie gäbe.

»Hier hat niemand letztes Jahr einen neuen Gaszähler installiert! Und du hast die Männer reingelassen?«

Jerónimo nickte und wurde bleich.

»Wie sahen sie aus?«

»Jetzt, wo Sie es sagen – sie waren überhaupt nicht wie Leute von den Gasbetrieben gekleidet. Beide trugen Maßanzüge, der eine in Weiß, der andere in Grau.«

Sam unterdrückte einen Seufzer. Sie wussten, wo er war.

Bollo dachte kurz nach. »Schließ die Tür! Wir müssen so schnell wie möglich weg. Der Junge kommt als Geisel mit.«

Bollo ging zum Bücherschrank und öffnete die untere Tür. Darin befand sich noch ein Tresor. Sam erkannte die schwarzen Kistchen, die Bollo hervorzog. Frau November hatte ihnen im Fach *Bomben entschärfen* verschiedene Bombentypen gezeigt. Die Dinger in Bollos Händen sahen ihnen verdammt ähnlich!

»Wir werden den Herren von den Gasbetrieben ein wenig Ablenkung zukommen lassen«, sagte Bollo mit einem gemeinen Grinsen.

Er legte die Bomben auf den Tisch und stellte ihre Zeitschaltuhr auf drei Minuten. Dann drückte er auf einen Knopf an der Unterseite eines der Tische. Neben dem Bücherschrank öffnete sich eine kleine Tür. Bollo hatte beim Bau des Hauses offensichtlich auch für einen zusätzlichen Fluchtweg in den Garten gesorgt.

Bollo steckte den Diamanten wieder in das Döschen und zog seine Pistole.

»Lass den Rest zurück«, sagte er zu Jerónimo. »Und halte Sam gut fest. Ich will nicht, dass er noch einmal wegrennt.«

Behutsam trat Bollo durch die Öffnung ins Freie. Er sah sich kurz um, konnte aber niemanden entdecken.

»Vale, vamos!«

Jerónimo schob nun auch den sich heftig wehrenden Sam durch die Tür hinaus in den Garten. Wenn Jerónimo und Bollo jetzt entkamen, wäre der Diamant für immer verloren. Bei Bollos Beziehungen würden sie problemlos untertauchen können. Sam musste etwas unternehmen, bloß was?

Plötzlich hörten sie in der Ferne ein Auto die Einfahrt hochkommen. Bollo und Jerónimo sahen sich im gleichen Moment erschrocken um. Jerónimos Griff wurde schwächer und Sam riss sich los.

Ohne Zögern stürzte er sich mit einem Tigersprung auf Bollo und biss ihn kräftig in den Arm. Der stieß einen Schrei aus, ließ die Waffe fallen und taumelte nach hinten. Der stellvertretende Direktor von *La Piedra Preciosa* verlor das Gleichgewicht und stürzte zu

Boden. Seinen kostbaren Diamanten ließ er dabei auch fallen. Das Döschen sprang auf und der Diamant rollte heraus. Schnell hob Sam den Edelstein auf.

Jerónimo, der die Szene vollkommen verdutzt beobachtet hatte, machte Anstalten, sich auf Sam zu werfen. Aber noch bevor er einen Schritt machen konnte, ging er selbst zu Boden. Hinter der Leibwache erschien Raúl mit einem dicken Ast in den Händen. Er hob ihn hoch über seinen Kopf, um Jerónimo definitiv auszuschalten. Der jedoch war zäh. Bevor Raúl zuschlagen konnte, griff Jerónimo nach Raúls Beinen und beförderte auch den Polizisten zu Boden. Jerónimo warf sich auf ihn und die beiden Männer rangen miteinander.

Sam sah zu Bollo. Der versuchte, seinen Körper aufzurichten, aber er hatte sich bei dem Sturz scheinbar verletzt.

»Du kleiner Drecksack«, zischte er. »Jerónimo, cógelo!«

Aber Jerónimo hatte mit Raúl alle Hände voll zu tun. Die beiden rollten über den Boden, doch keiner von beiden gewann die Oberhand.

»Herr Smith!«, erklang es da aus der Ferne.

Sam hob den Kopf. Summer und Blanco rannten auf sie zu. Sam atmete erleichtert auf. Es war vorüber. Jetzt konnte er Summer alles überlassen. Seine Suche nach dem Diamanten war vorbei.

Den Diamanten in der Hand ging Sam um Bollo herum. Als der ihn sah, flackerte noch einmal Energie in ihm auf. Er streckte den Arm aus und brachte Sam ins Stolpern. Sam ging zu Boden und der Diamant flog ihm in hohem Bogen aus der Hand.

Bollos Triumph wich jedoch schnell der Verblüffung. Der Diamant sauste auf die Villa zu, landete im Gras und kullerte dann herausfordernd langsam über die Türschwelle ins Labor.

Blanco und Summer waren unterdessen bei ihnen angelangt. Summer hatte Jerónimo von Raúl weggezogen und zwang den Leibwächter mit schmerzhaftem Griff auf die Knie.

Blanco half Sam beim Aufstehen.

»Alles in Ordnung, Herr Smith?«, fragte Blanco.

»Ging schon mal besser«, meinte Sam.

»Gut, dann hole ich jetzt den Diamanten«, sagte Blanco und machte einen Schritt auf die Villa zu. Weit kam er nicht.

»Nein!«, schrie Sam.

Blanco drehte sich erstaunt um und warf Sam einen fragenden Blick zu. Die Antwort kam jedoch nicht aus dessen Mund. Mit ohrenbetäubendem Knall explodierte Bollos Labor. Wie ein Kartenhaus stürzte ein Teil der Villa zusammen. Bruchstücke flogen durch die Luft.

Die Explosion schleuderte Sam und Blanco ein paar Meter nach hinten.

Summer stand trotz der Detonation überraschenderweise noch aufrecht.

Sam betrachtete die Überreste des Labors. Die versengten Regale und Tische waren in alle Richtungen verstreut. Von den Büchern und Instrumenten war nichts übrig geblieben.

Bollo kroch auf Händen und Füßen zu den Resten seines Hauses.

»El diamante ... El diamante ...«, murmelte er.

Sam betrachtete Bollo fast mitleidig. Der kniete in der Asche, den Anzug voller Ruß.

»El diamante ...«, murmelte er immerzu und hob die Hände zum Himmel.

Aber der Diamant war weg. Explodiert mit dem Gebäude, in Tausende unauffindbare Stücke. Und mit ihm auch sein Geheimnis.

»Der Diamant ist mit explodiert«, sagte Sam zu Blanco.

»Ich weiß, Herr Smith«, sagte Blanco leise. »Aber es ist besser so. Er hat in den vergangenen Jahrhunderten nur Elend gebracht.«

»Aber das Geheimnis ist jetzt ...«, sagte Sam.

»Kein Diamant, kein Geheimnis mehr«, unterbrach ihn Blanco. »Es wird Zeit, die Vergangenheit ruhen zu lassen. Die Legende von Don Carlos geht hier zu Ende.«

21

Das Geheimnis des Don Carlos

»Klopf, klopf, darf ich reinkommen?«

Sam sah von seinem Monitor hoch. Daphné betrat sein Zimmer.

»Eigentlich fragt man erst, ob man hereinkommen darf und kommt dann rein, und nicht umgekehrt, Daphné!«. Sam lachte. »Offensichtlich hast du das immer noch nicht gelernt. Du wirst Frau May doch noch um Nachhilfe bitten müssen!«

»Ich werde versuchen, beim nächsten Mal daran zu denken«, antwortete Daphné. »Aber versprechen kann ich nichts.«

Sam und Daphné waren seit zwei Tagen wieder in der Schule. Am nächsten Tag sollten ihre Mitschüler von ihren Praktika zurückkehren und das Leben würde wieder seinen normalen Gang nehmen. Sam freute sich auf den Unterricht. Ferien waren angenehm, aber der Unterricht hier auch.

Sie hatten gerade eine erholsame Woche in Barcelona hinter sich. Summer und Blanco hatten beschlossen, die Praktika von Sam und Daphné für beendet zu erklären. Dafür hatten sie eine Woche als Touristen verbracht und die wichtigsten Sehenswürdigkeiten besucht. Sam empfand es als große Erleichterung, einmal sorglos durch die Stadt schlendern zu können.

Sam lehnte sich in seinem Stuhl zurück. »Ich hoffe bloß, unser nächstes Praktikum verläuft ein wenig ruhiger. Wenn man mir noch einmal einen Diamanten vor die Tür legt, lasse ich ihn einfach liegen!«

Daphné lächelte und schüttelte den Kopf. »Ich glaube, du würdest genau das Gleiche noch einmal machen, Sam.«

Daphné hatte recht. Sams Neugier würde seine Angst, wieder in einem Strudel von Ereignissen zu landen, immer besiegen. Er dachte an ihr Abenteuer.

Nachdem sie den Laden verlassen hatten, der die ganze Nacht geöffnet war, und ihnen klar geworden war, dass sie Bollo nicht ohne Hilfe schlagen konnten, hatten sie sich auf die Suche nach dem Gebäude des spanischen Geheimdienstes gemacht. Schließlich hatten sie ja entdeckt, dass nicht die Anhänger von La Justa Venganza, sondern die von La Piedra Preciosa die Bösewichte waren. Also konnten sie Blanco wieder vertrauen.

Nach langem Suchen hatte Sam das Gebäude wiedererkannt. Ihr Erstaunen war groß gewesen, dort nicht nur Blanco, sondern auch Raúl und Summer vorzufinden. Letzterer war nach Spanien gekommen, als Portman Sams Nachricht entziffert hatte. Gemeinsam mit Blanco war Summer an Raúl herangetreten. Blanco war zu Ohren gekommen, jemand sei nach ihm auf der Suche. Und Blanco wäre kein Geheimagent, wenn er sich nicht sofort auf die Suche nach demjenigen gemacht hätte, der ihn suchte. Sie hatten Raúl gefunden und zum Geheimdienst mitgenommen.

Sie hatten beschlossen, nicht zu lange zu warten, bis sie Bollo den Diamanten wieder abluchsen würden. Sie mussten sich einen Trick ausdenken. Summer hatte vorgeschlagen, eine List zu verwenden, die so durchsichtig war, dass Bollo denken würde, es könne keine sein.

Als Sam dann den Plan ändern musste, hatten Blanco und Summer improvisiert und sich die Idee mit den Gasbetrieben ausgedacht und Wunder über Wunder hatte Cristóbal das Tor geöffnet. Der Leibwächter hatte sie noch durchsuchen wollen, aber dazu war es nicht mehr gekommen. Ein Betäubungspfeil aus Summers Hemd hatte ihn in einen tiefen Schlaf befördert. Summer, Blanco und Raúl waren gerade noch rechtzeitig zur Stelle gewesen, um Sam aus den Händen von Bollo und Jerónimo zu befreien, obwohl Sam selbst bereits Boden gewonnen hatte.

Blanco und Raúl waren noch tagelang beschäftigt gewesen, denn ihre Aufgabe endete nicht auf Ditor Bollos Landgut. Erst hatten sie Delgado festgenommen. Der hatte höchst empört reagiert und gebrüllt, er werde Raúl und Blanco schon noch kriegen. Aber das würde nicht vor Ablauf der nächsten zehn Jahre sein. Raúl hatte alle Akten von *La Piedra Preciosa* und Delgado beschlagnahmen lassen. Darin befand sich genügend belastendes Material, um Bollo und Delgado für lange Zeit hinter Schloss und Riegel zu bringen. Raúl war zum Inspektor befördert worden und sollte der Sache bis auf den Grund nachgehen.

Bollo wurde jedoch nicht sofort ins Gefängnis gesteckt. Dass sein Diamant explodiert war, hatte ihn vollständig aus der Bahn geworfen und er war in eine psychiatrische Klinik überstellt worden. Dort verbrachte er seine Tage damit, vor sich hinzustarren und ab und zu »el diamante« zu sagen.

»Ich frage mich ja doch, welches Geheimnis der Diamant hatte«, sagte Daphné. »Jetzt werden wir es nie erfahren.«

»Ich habe auch schon darüber nachgedacht«, antwortete Sam. »Ich glaube, Blanco kennt das Geheimnis.«

»Meinst du?«, fragte Daphné. »Wieso erzählt er es dann nicht?«

»Ich glaube, er hat den Diamanten nur gesucht, um ihn zu vernichten«, sagte Sam. »Und vielleicht hatte er ja recht. Der Diamant brachte nur die schlechtesten Seiten in den Menschen zum Vorschein. Aus Neid und Habgier machen Menschen die dümmsten Sachen.«

»Vielleicht hast du recht. Eigentlich verdient Blanco den Friedensnobelpreis. Er hat eine jahrhundertealte Fehde beendet!«, sagte Daphné und lachte.

»Hm, das ist vielleicht ein wenig übertrieben. Sagen wir, Blanco ist einfach ein guter Geheimagent. Obwohl ...«

Sam dachte kurz nach.

»Vielleicht können sie den Nobelpreis ja Blanco *und* uns geben. Schließlich haben wir auch mitgeholfen!«

»Stimmt. Soll ich das Komitee anrufen und sagen, dass wir uns als Kandidaten zur Verfügung stellen? Ich glaube, wir werden die jüngsten Preisträger, die es je gab!«

Ping!

Ihr Gespräch brach ab. Sam hatte eine Mail empfangen. Er öffnete sie und las.

»Von Demis«, sagte er erfreut.

»Was schreibt er?«

»Er sagt, dass ihm seine neue Stelle sehr gut gefällt. Heute Abend geht er sogar mit einem Kollegen aus.«

»Mann oder Frau?«

»Das steht da nicht. Aber so wie ich Demis kenne, wird es wohl eine Frau sein«, sagte Sam mit einem kleinen Lächeln.

Demis arbeitete jetzt in einer Werbeagentur in Madrid. Blanco hatte dafür gesorgt, dass sein Name reingewaschen wurde, aber Demis wollte trotzdem weg aus Barcelona. Er hatte genug gesehen von dieser Stadt. In Madrid konnte er von vorn anfangen. Dank Blancos Kontakten hatte er schnell eine neue Stelle gefunden. Sam war froh, dass Demis die Fäden seines früheren Lebens wieder aufnehmen konnte – der intelligente Mann würde es bestimmt noch weit bringen.

»Ich frage mich eigentlich nur noch eins«, sagte Daphné.

»Und das wäre?«

»Wer hat nun eigentlich den Diamanten vor deine Tür gelegt?«

Das hatte sich Sam in Spanien oft gefragt. Bollo hatte ihm erzählt, es sei eine Wissenschaftlerin gewesen, aber das hatte ihn nicht viel weitergebracht. Schließlich hatte er Blanco danach gefragt.

»Frau Azul vom Spanischen Geheimdienst.«

Daphné zog ein erstauntes Gesicht. »Das ist doch die Frau, bei der Demis und ich blieben, als ihr zu Bollo gegangen seid?«

»Stimmt. Sie war auch Anhängerin von *La Justa Venganza*. Sie hatte sich als Wissenschaftlerin ausgegeben. Mit ihrem Charme konnte sie Bollo für sich gewinnen.«

»Aber warum brachte sie den Diamanten dann nicht gleich zu Blanco? Das hätte ich als sicherer empfunden, als ihn einem Praktikanten vor die Tür zu legen!«

»Weil sie von Jerónimo und Cristóbal verfolgt wurde«, erklärte Sam. »Deswegen legte sie ihn mir vor die Tür, in der Hoffnung, die beiden Kerle würden sie weiterverfolgen und ich würde Blanco unterdessen den Edelstein bringen.«

»Aber Jerónimo und Cristóbal hatten doch durchschaut, dass der Diamant bei dir war.«

»So ist es. Deswegen kamen sie dann zu mir.«

Ein kurzes Klopfen an der Tür unterbrach ihr Gespräch.

»Roomservice, *Señor* S!«

Sam und Daphné sahen sich mit großen Augen an.

Nach kurzem Zögern stand Sam auf und öffnete seine Tür. Der Gang war leer. Auf dem Boden lag ein Etui. Es war viereckig und schwarz mit Silberrand. Auf dem Deckel waren die Buchstaben »DC« eingraviert.

Sams Herz schlug schneller, als er es aufhob. Daphné stellte sich hinter ihn.

»Was ist? Was hast du? Oh ...«

Sam öffnete langsam das Etui. Ein hellroter Diamant funkelte im künstlichen Licht des Ganges. Neben dem Diamanten steckte ein Zettel. Sam faltete ihn auf und las laut.

Lieber Herr Smith,

die Angehörigen von La Justa Venganza und des Spanischen Geheimdienstes möchten sich bei Ihnen für Ihre Hilfe bedanken. Sie haben dazu beigetragen, dass der Diamant vernichtet werden konnte. Der Diamant, den Sie nun in den Händen halten, ist aus Glas. Er ist also nicht viel wert, aber ich glaube, er ist ein schönes Andenken an Ihr Praktikum in Barcelona. Ich bin davon überzeugt, dass Sie und Frau Wickman ausgezeichnete Geheimagenten werden. Sollten Sie irgendwann noch einmal nach Spanien kommen, können Sie immer auf meine Hilfe zählen.

Hasta luego
Blanco

»Jetzt hast du deinen eigenen Diamanten«, sagte Daphné. »Hoffentlich will den niemand stehlen, denn dann fängt alles wieder von vorn an!«

Sam betrachtete den gläsernen Diamanten. »Ob der auch ein Geheimnis hat?«

»Quatsch«, sagte Daphné und nahm Sam den Diamanten aus der Hand. »Welches Geheimnis kann denn wohl ein Glasdiamant verbergen?«

Daphné rollte den Diamanten ein wenig in ihrer rechten Hand herum und warf ihn ein paar Mal in die Luft.

»Pass auf!«, warnte Sam. »Du lässt ihn noch fallen!«

Daphné lachte, warf den Diamanten noch etwas höher und fing ihn mit der anderen Hand auf.

»Du vergisst vermutlich, dass ich nicht nur zukünftige Geheimagentin, sondern auch zukünftige professionelle Clownin bin?«

»Zukünftig?«

Sam streckte die Hand aus. »Komm, gib schon her.«

Daphné seufzte. »Ist ja schon gut, du Schisser! Hier, fang!«

Sie warf den Diamanten in einem kleinen Bogen zu Sam. Aber der gläserne Edelstein wählte eine andere Bahn, als Daphné dachte, flog knapp über Sams ausgestreckte Hand hinweg und landete unsanft auf dem Boden. Wie der echte Diamant zersprang die Replik in tausend Stücke.

Sam und Daphné starrten auf den Boden. Die Glasstücke hatten sich im ganzen Zimmer verteilt. Daphné biss sich auf die Unterlippe.

»Tut mir leid«, murmelte sie. »Ich wollte bloß …«

Aber Sam hörte nicht zu. Seine Aufmerksamkeit wurde von einem Kügelchen angezogen, das zwischen den Glassplittern lag. Es war ein Stück Papier.

Langsam faltete Sam es auseinander. Wieder ein kurzer Brief. Wieder an ihn gerichtet. Und wieder von Blanco.

Lieber Herr Smith,

wenn Sie dies lesen, haben Sie den Diamanten gerade zerschlagen. Die schlechte Nachricht ist, dass Sie von mir keinen neuen mehr bekommen. Die gute ist, dass Sie das Geheimnis des Diamanten von Don Carlos entdeckt haben. Das Geheimnis steckte in dem Diamanten selbst. In seinem Inneren war nämlich eine Formel eingekerbt. Don Carlos war der Sohn eines Alchimisten. Nach vielen mühseligen Jahren hatte er eine Formel gefunden, wie man aus Metall Gold herstellen konnte. Don Carlos hat diese Formel in den Diamanten gravieren lassen. Der Diamant sollte immer vom Vater an den Sohn weitergegeben werden, damit sie den Diamanten nicht spalten müssten. Aber wie Sie wissen, haben Federico und Anna Catía de Agrippina dem einen Riegel vorgeschoben. Weil Federico jedoch nicht wusste, woher das Gold von Don Carlos stammte, hat er das Geheimnis des Diamanten nie entdeckt. Genauso wenig wie seine Erben. Niemand wagte es, den Diamanten zu beschädigen, weswegen niemand sein Geheimnis entdecken konnte. Don Carlos hat das also sehr klug vorhergesehen.

Wie die Formel genau lautete, werden wir nie erfahren, jetzt, da der Diamant vernichtet ist. Zum Glück, denn so eine Formel sorgt für mehr Übel als Gutes. Das einzige Ziel, das La Justa Verganza verfolgte, war daher auch, den Diamanten zu vernichten, bevor jemand die Formel entdeckte. Und das ist mit Ihrer Hilfe gelungen. Nochmals vielen Dank, Herr Smith!

Blanco

Sam legte den Brief zur Seite und dachte nach. Blancos Brief beseitigte auch die letzten Fragezeichen, die es noch gab. Don Carlos war tatsächlich ein kluger Mann gewesen. Jahrhundertelang hatte er alle auf die falsche Fährte gesetzt. Bollo würde sich vor den Kopf schlagen, wenn er erfuhr, dass er die Lösung immer in den Händen gehalten hatte.

Daphné sah Sam mit einem Blick an, der besagte: »Wenn ich den Diamanten nicht hätte fallen lassen, hätten wir das Geheimnis nie erfahren!« Und sie hatte auch noch recht.

Sam fegte die Diamantstücke zusammen, legte sie auf seinen Schreibtisch und starrte sie schweigend an. Für einen kurzen Moment war er wieder in Spanien. Er sah sich wieder mit dem Diamanten in den Händen in seinem Hotelzimmer sitzen. Tausend Fragen hatte er gehabt. Fragen, die sich wenig später – als es zum zweiten Mal an seiner Tür geklopft hatte –, in Angst verwandelt hatten.

Den Fake-Diamanten hatte Summer vor Sams Tür gelegt. Er hatte es witzig gefunden, ihn im selben Stil wie Frau Azul in Spanien zu übergeben.

Jetzt stand er wiederum vor Sams Tür. Im Zimmer war es still. Zeit, die Stille zu durchbrechen, fand Summer.

»Roomservice, Señor!«, brummte er mit tiefer Stimme.

Der Schrecken stand Sam und Daphné noch Tage später ins Gesicht geschrieben.

Foto: © privat

Autor

Jonas Boets war immer schon ein großer Fan der Bücher von Anthony Horowitz. Diese und die James-Bond-Filme sowie »Mission Impossible« haben ihn zu seiner Serie Spy School inspiriert. Jonas Boets hat darüber hinaus etliche erfolgreiche Thriller für Jugendliche veröffentlicht.

Von Jonas Boets sind bei cbt erschienen:
Spy School – In geheimer Mission (Band 1, 31591)
Spy School – Giftige Dosis (Band 3, 22504)
Spy School – Operation Schwarzer Regen (Band 4, 14238, nur als E-Book lieferbar)

Mehr zu unseren Büchern auch auf Instagram

Chris Bradford

BODYGUARD

Der 14-jährige Martial-Arts-Experte Connor Reeves entspricht nicht gerade dem, was man sich unter einem typischen Bodyguard vorstellt – und genau deshalb ist er so hervorragend geeignet für seinen neuen Job: Er wird für eine geheime Einheit hochprofessioneller junger Bodyguards angeworben, die jugendliche Stars und die Kinder superreicher Eltern begleiten sollen. Denn wer könnte sie unauffälliger beschützen als ein Gleichaltriger? Nach einem gnadenlosen Training heißt es dann für Connor Reeves bei seinen brandheißen Aufträgen:

Und Action!

Die Geisel
Band 1, 480 Seiten,
ISBN 978-3-570-40275-7

Das Lösegeld
Band 2, 480 Seiten,
ISBN 978-3-570-40276-4

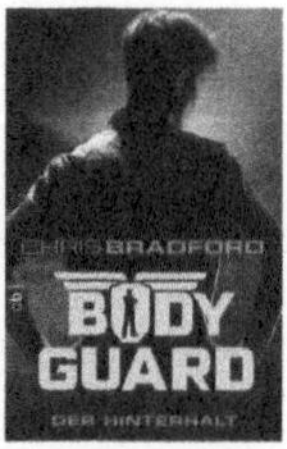

Der Hinterhalt
Band 3, 448 Seiten,
ISBN 978-3-570-40315-0

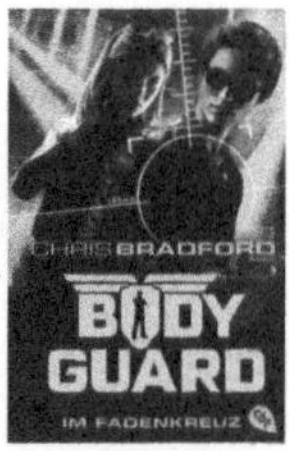

Im Fadenkreuz
Band 4, 480 Seiten,
ISBN 978-3-570-40316-7

Der Anschlag
Band 5, 350 Seiten,
ISBN 978-3-570-40350-1

Die Entscheidung
Band 6, 416 Seiten,
ISBN 978-3-570-31205-6

30344_6

cbt

www.cbj-verlag.de